富士山で俳句教室

堀本裕樹

角川文庫
24207

目次

まえがき

富士山は、「富士山―信仰の対象と芸術の源泉」の名で世界文化遺産に登録されています。これを機に標高三七七六メートルの日本一高い富士山は、世界からより注目を集めることになりました。

「信仰の対象」とは、古来神の住む霊峰として崇(あが)められてきたことに由来し、いわゆる富士山信仰を指します。女神である木花開耶姫(このはなさくやひめ)などを祭神として、浅間大菩薩(せんげんだいぼさつ)や大日如来を祀(まつ)る神仏習合のかたちで今に残る多くの浅間神社をはじめ、修験道や江戸時代に隆盛を極めた富士講が富士山を信仰する大きな流れとなっています。

「芸術の源泉」とは、さまざまな芸術作品のモチーフとしての富士山を指します。中世の美術でいえば、「聖徳太子絵伝」や「富士曼荼羅図(まんだらず)」などが象徴的作品といえるでしょう。それから江戸時代に入って、富士山の存在感を庶民に知らしめ圧倒的人気を博した美術といえば、言うまでもなく葛飾北斎の『冨嶽三十六景』です。そのすべての作品に富士山を描き込んだ独自のフォルムと遠近を活かした浮世絵は、印象派など西洋絵画にも多大な影響を与えました。

文学の観点でいえば、古くは日本最古の歌集『万葉集』をはじめ、『伊勢物語』『竹取物語』『更級日記』、中世に入ると『吾妻鏡』『とはずがたり』や能「富士山」「羽衣」、そして近世から現代に至るまで富士山を題材にしたり採り上げたりした作品を挙げていくと枚挙にいとまがありません。

世界最短詩型である俳句においても、富士山を題材とした作品が数多く残されており、同時に今もなお作り続けられています。

富士山が世界文化遺産であれば、俳句も「haiku」の共通語をもって、世界各国から愛されていることを忘れてはならないでしょう。しかし、俳人である私がたくさんの人々に俳句を指導しながら感じるのは、意外にも日本人は自国独特の文芸である俳句の基本的なことすら知らないというのが現状のようです。

その事実に対して特別悲観的になっているわけではありませんが、これまで綿々と詠まれてきた富士山をモチーフにした俳句をご紹介できればと思い立ったのです。それと同時に私自身、いわゆる富士俳句はどんなかたちで、どのように詠み継がれてきたのかを知りたい「詩的欲求」とでもいうべき思いがふつふつと湧き上がってきたことも、本書の執筆に着手する動機になりました。

そして富士俳句を掘り起こし、独断で百句に絞り込む選句の作業をしているうちに、日本人はなんとあらゆる角度から、またいろいろな思いを込めて富士山を俳句に書き留めてきたことかと、期せずして深い感慨にふけることになりました。その感慨は一句一句の鑑賞文を書く折りになっても消えることなく、むしろいっそう増すばかりでした。

富士俳句に触れながら、私自身も富士山をもっと心に深く感じたいという思いになり、沼津や三島や御殿場などを巡りました。富士山と対峙する時間は、静かで温かく自己との対話を促す時間にもなり得ることを感じました。富士山を大いなる鏡として、己の心を映して開く静謐な時間とでもいうのでしょうか。本書でも採り上げた岡本眸さんの「仰ぐとは胸ひらくこと秋の富士」という一句の心境を共有する気持ちになりました。実際間近の富士山を仰ぎながら、この句を胸のうちで呟くと共感がしんしんと満ちてくるようでした。

本書には、この句のような富士と私という作品もあれば、富士山そのものを詠んだ句、富士と動植物、富士と生活、富士と天文、富士と行事など、富士山とのあらゆる関わりを詠んだ近世から現代までの俳句が収められています。

それらを解説しつつ、俳句の基本にも触れるようにしたので俳句入門書としての側面を持っているのが本書の特徴でもあります。ですので、俳句の決まり事を一切知らなくとも、読み物として充分楽しめることでしょう。

本書で採り上げた作品は、季語のない無季俳句もありますが、そのほとんどが「有季定型」の俳句です。

有季定型とは季節を表す言葉である季語を有して、五七五の韻律をもった俳句のことです。特に普段馴染みのない季語に関しては、初心者の方にもできるだけわかりやすいように解説を加えました。また、季語が二つ以上入る季重なりや十七音以上の句である字余り、擬人法、遠近法、比喩、掛詞、リフレイン（反復）といった、一句を読み解くうえで必要と思われる技法についても随時触れています。五七五の最初の五音を上五、七音を中七、最後の五音を下五と俳句の世界では呼ぶことなども、基本的なこととして本書で知っていただければ幸いです。そうすると、俳句に少しでも親しみが湧くのではないでしょうか。

たとえば、俳句を鑑賞するとき、「この最初の五文字がいいね」というより、「この上五が利いてるね」と言ったほうがはるかに粋に聞こえるでしょう。些細なことかもしれませんが、そんなちょっとしたところから俳句との距離はしだいに縮まってゆくものです。

本書は俳句の基本的な事柄を知ることができるのと同時に、富士山のことも知ることができます。まさに一石二鳥です。富士山とその周辺の情報や歴史を織り交ぜて読む富士俳句の醍醐味(だいごみ)をぜひ味わってみてください。

言い換えれば本書は、「俳句を通して富士を知る」、または「富士を通して俳句を知る」という要素と構成になっています。

四季を通した富士のさまざまな表情が詰まった本書をお手にとって、ぜひ富士山を見に出かけたり、富士登山に挑戦してみてはいかがでしょうか。

春

木々の芽吹き

国の春立けり富士の高嶺(たかね)より　三森幹雄(みもりみきお)（一八二九―一九一〇）

立春は陽暦の二月四日ころなので、実際はまだ寒い時期です。しかし、カレンダーや天気予報を見て、「そうか、今日は立春なのか」と気づくと、なんとなく空から降り注ぐ日差しにも早春の気配を感じたりするものですね。

この句は雄大な立春の風景を描いています。風景というよりも、春立つ心持ちを富士山を詠み込むことで、大きくとらえたといったほうが正確かもしれません。「国の春立けり」は、日本国に春が訪れたという意味です。ここで「切れ」が入り、富士山の高い峰からと続きます。

さて、ここで気づいたことはありませんか?

そうです、言葉の順序が逆ですよね。普通は、「富士の高嶺より国の春立けり」です。この句はそれをひっくり返して表現しているのです。文法的には倒置法といいます。この句の場合、語句を倒置することで一句のリズムが良くなりますし、富士の山頂から春が立ったことがいっそう強調されるのです。

作者は遠くから富士山を眺めながら、立春を感じているのでしょう。列島のヘソともいえる日本最高峰の富士山だけに、そこに日本国の春来たると多少大袈裟(おおげさ)に表現されても不思議に納得できるものです。

富士山のまだ雪に覆われた高い峰と青空の広がりが、立春の光をともなって読み手にも眩(まぶ)しく見えてきますね。

富士を見に芽ぶきし木々をぬけてゆく　篠原梵(しのはらぼん)（一九一〇―一九七五）

富士山がよく見えるビューポイントに向かって、作者はやや早足で雑木林をぬって歩いているのでしょう。

「やや早足で」と感じたのは、富士山を早く見たいというはやる気持ちと雑木林の木々をかわしながら進んでゆく作者の歩の弾みが一句のリズムとして伝わってきたからです。ゆっくりとした歩調でもないし、駆け足でもない。やや早足の作者の速度と同化するようにこの句を読むと、自然に「芽ぶき」の風景も見えてきます。

春の季語「木の芽」を動詞にして言い換えたものに「芽吹く」があります。その他にも「芽立ち」「芽組む」「木の芽張る」などの新芽の萌え出る言葉があり、小さな息吹に眼を向けて春を讃える日本人の繊細さが表れています。

木々を軽やかにぬって歩く作者は、「芽ぶき」にもちらちらと眼を留めて喜ばしい気持ちになっているのでしょう。ようやく寒い冬を抜け出して、この林にも春が訪れたのだなあという感慨が、富士山を見たい気持ちと重なって浮き浮きした様子をこの句は醸し出しています。

やがて、ビューポイントにたどり着いた作者は、胸を張って富士山を仰ぐのです。たくさんの小さな木の芽と富士山の偉容は対照的であると同時に、どちらも森羅万象の一部であり大自然に溶け込んでいる光景です。作者もその光景に溶け込んで富士山と向かい合うのです。この句を読むと、今すぐ富士山に会いに行きたくなりますね。

むら松やみどりたつ中に不二のやま　**釈蝶夢**（一七三二—一七九五）

「むら松」とは群がった松、松林のことです。上五（最初の五音）に切字「や」を置いて、松林だなあと詠嘆し、中七下五へと続きます。そこで質問です。

この句の季語はどれでしょうか？

初心者にとっては、ちょっと難題かもしれませんね。答えは「みどりたつ」で春の季語になります。

「俳句歳時記」には、「若緑」で立項されているものが多いですが、松の新芽のことです。また、松の若葉を指すこともあります。

季語が見つかりその意味がわかると、この句は読み解きやすいですね。

松の一本一本にあまたの新芽が吹き出て、その向こう側に遠く不二のやま＝富士山が聳えているのです。

「みどりたつ」の「たつ」には、生命力が漲った力強さが感じられますね。特に松の新芽は、蠟燭を垂直に立てたような形なので、他の木々に比べても勇ましい芽吹きといえるでしょう。

それからこの句のリズムにも注目してみましょう。少しもたついた調子になっていませんか？　読み上げてみるとよくわかるのですが、実は中七（真ん中の七音）が、八音になっているのです。ある俳句入門書では、中七は十七音の中心だからここが弛むと、一句そのものが弛んでしまうので注意するようにと記されています。

なるほど、確かにそう言われてみればそうですね。なるべく五七五の七音は乱さないのが無難です。しかし、物事には例外が必ずといっていいほどあります。この句の場合はどうでしょうか。いろいろな見解があるかもしれませんが、私見としては字余りが活かされていると思います。この句は中七が八音になることでかえって、松林の新芽がたくさん見えてきます。字余りになってしまうほど、松の新芽が盛んに萌え出ているのです。まるで松林のいのちが富士山に負けじと競い合うように。

うららかに仰ぐ

ぼんやりと大きく出たり春の不二（ふじ）　正岡子規（まさおかしき）（一八六七—一九〇二）

この句の季語はもちろん「春」ですが、「ぼんやりと」という言葉から想像すると、富士山にうっすら霞（かすみ）がかかっているのかもしれませんね。

実は「霞」も春の季語なのです。春になると、大気中に水分が増えるので、遠くの景色が霞んで見えるようになります。朝霞、夕霞、薄霞、棚霞といろいろな霞がありますが、季語として「霞む」と動詞で使うこともあります。

春の日永に作者は、この句のような富士山を遠くに見たのでしょう。

春の富士山を茫洋（ぼうよう）と捉（とら）えて、おおざっぱにスケッチしたような句ですね。「ぼんやりと」の言葉も、続く「大きく出たり」も、漠然としたおぼろげな描写です。しかし、それが遠くに聳（そび）える「春の不二」の雰囲気をうまく写し取っているともいえますね。

細かいところを描写してみせるのも「写生」ですが、この句のように大づかみに描いてみせるのも「写生」の一つの方法といっていいかもしれません。

作者の正岡子規は、俳句において「写生」を初めて主張しました。洋画家の中村不折との出会いによって感化され、俳句の技法としてスケッチを取り入れたのです。明治時代の俳句の世界では、この「写生」という考え方はとても新鮮でした。当時、「写生」の主張をもって子規は、俳句革新に乗り出したのです。

一見おおざっぱな言葉遣いに思えるこの句ですが、作者は描く対象によって意図的に筆のサイズを変えたのでしょう。たとえば、同じ作者の「春風にこぼれて赤し歯磨粉」などは、小さな筆で描いた繊細な一句といえます。なので、壮大な富士山を描くにあたり、作者はいつもより大きな筆に持ち替えることで言葉を大らかに扱い、「春の不二」を十七音で的確に描いてみせたのです。

赤人の富士を仰ぎて耕せり　大串章（一九三七―）

この句のなかで、まず読み解く必要があるのが、「赤人の富士」です。奈良時代の歌人である山部赤人は、三十六歌仙の一人でもあり、突出した才能の持ち主でした。

赤人のよく知られた一首は、『新古今和歌集』及び『小倉百人一首』に収められている「田子の浦にうち出でて見れば白妙の富士の高嶺に雪は降りつつ」でしょう。

しかし、この歌には原形があり、富士山を詠んだ最も古い歌として、『万葉集』に収録されています。長歌と反歌（短歌）の形式で詠われているのですが、長歌は文字通り長いのでここで紹介するのは省略します。

短歌は「田子の浦ゆうち出でて見ればま白にそ富士の高嶺に雪は降りける」なのですが、『新古今和歌集』と『小倉百人一首』に収録された短歌の言葉遣いと比べてみると、より古式ゆかしい詠みぶりといえるでしょう。

さて、これで「赤人の富士」が山部赤人の短歌を下敷きにしている富士山であることがわかりましたね。

次は季語について読み解きましょう。季語は下五（最後の五音）に置かれた「耕せり」です。「俳句歳時記」では、「耕」の見出しで春の季語として載っています。種まきや植付けをする前に田んぼや畑の土を掘り返してやわらかくするために耕すのです。

この句の農家の人は鍬を持って耕しては、時折富士山を仰いでいます。「赤人の富士」ですから、現在の「田子の浦」でいうと、静岡県富士市南部で北に富士山を仰ぐことができます。今時は、トラクターを使って耕すのが効率的でしょうが、この句の「耕」はやはり人力が似合っているように思います。富士山を背景にすることで、一本の鍬を持った人の小ささを浮き彫りにしています。

山部赤人が遥か昔に歌に詠んだ富士山を眺めることが、耕作という骨の折れる作業の唯一の慰めとなっているのでしょう。無言の富士山ですが、そこに聳えているだけで励ましてくれているような優しさがありますね。

虹の輪の下にきらめく春の不二　水原秋桜子（一八九二—一九八一）

この句には季語が二つ入っていますが、おわかりでしょうか？

一つは言うまでもなく「春の不二」の「春」ですね。そうすると、あと季語らしいものといえば、そう「虹」です。「虹」は夏場に一番多く見られるので夏の季語となっています。しかし、気象条件さえ整えば、虹は一年中見られるので「春の虹」「秋の虹」「冬の虹」と四季を通じて季語となっています。

この句のメインの季語は時候の「春」なので、「虹の輪」は春の虹ということになりますね。夏の虹は鮮やかでくっきりとした七色ですが、春の虹はやさしく淡い感じといえるでしょう。ちなみに、春にはじめて見る虹を「初虹」といいます。

さて、この句の虹の輪は、富士山を跨ぐように架かっています。巨大なアーチを描く虹の輪の下に、春の富士山が艶やかにきらめいているのです。

富士山の御祭神は木花開耶姫（このはなさくやひめ）という女神ですから、虹のティアラをまとった麗しい山容といったところでしょうか。虹の輪を山頂の上空に掲げることによって、富士山自体が光彩を放っているようにも見えますね。

正岡子規の詠んだ「ぼんやりと大きく出たり春の不二」は、春の富士だけを描いていますが、この句はそれに虹を配置した華やかさがあります。期せずして現れた自然の装飾品ともいえる虹によって、富士山はいっそう美貌（びぼう）を得たようです。

富士といふ春空の太柱かな　平井照敏（しょうびん）（一九三二―二〇〇三）

春の空の下で富士山を眺めているのでしょう。しばらく眺めているうちにその山容が太い柱のように見えてきたのです。

少し霞（かす）んだようなのどかな春の空に高々と聳える富士山を「太柱」と見た作者の眼は感覚的でありながら、同時に鋭いともいえます。

霊峰として富士山は、太古から崇（あが）められてきました。その富士山を「柱」に見立てた眼差（まなざ）しは、単なる見立てではなく、もっと深い意味合いが込められているのです。

突然ですが、神を数えるとき、どのような助数詞を当てるでしょうか？

その前に助数詞を説明すると、たとえば、車三台の「台」、鉛筆三本の「本」がそれに当たります。辞書によると、「数を表す語の下に付いて、数える対象となる物の性質・形状などを示す」語が助数詞と説明されています。

神に当たる助数詞は「神」「座」「体」などいくつかありますが、「柱」もその一つです。一柱、二柱、三柱と数えます。その意味合いを踏まえて、改めてこの句を鑑賞するといかがでしょうか。

作者が富士山に神を感じていることが伝わってきますね。しかも普通の柱ではなく、「太柱」と偉大なる神のごとく表現しているところに、霊的存在である富士山への崇拝が著しく感じ取れます。


富士をこえみづうみをうつはつ燕（つばめ）　飯田蛇笏（いいだだこつ）（一八八五―一九六二）

この句を最初に読んだとき、内容もさることながら、まず字づらが面白いなと思いました。

いったい字づらのどこが面白いのでしょうか？

よく読むというより、よくこの句を見てください。最初の「富士」と最後の「燕」だけが漢字表記ですね。あとは、その漢字に挟まれる形ですべてひらがななのです。

このような表記の仕方は偶然ではなく、作者がわざわざ意図したものでしょう。作者は「富士」と「燕」を漢字にすることで、字づらにおいてもその二つを強調して見せたかったのです。仮にすべて漢字表記にしてみると、「富士を越え湖を打つ初燕」となります。

原句と比べてみていかがでしょうか？　漢字にするかひらがなにするかで、ずいぶん一句の印象が違ってくることに気づかされますね。

富士山を越えてきた燕が湖をさっと打って飛んでくる様子が、原句のほうがより字づらを通して臨場感を伝えてきます。臨場感とはこの句の場合、「富士」を漢字にすることでその巨大な存在を際立たせ、その後に描かれる燕の飛んでくる有り様は、そのしなやかさや可憐(かれん)さを表すために、ひらがなによって柔らかく表現されているのです。そして読み手の眼に印象づけるように、最後に漢字で「燕」と置いて一句を締めくくっています。その年に初めて眼にする燕を「初燕」といいますが、「初」までひらがなにしたのは、作者の表記への著しいこだわりが窺(うかが)えます。

ちなみにこの句の湖は、富士五湖の一つである山中湖です。その形から三日月湖ともいわれています。

富士山を颯爽と越えてきたその年初めて見る燕が、三日月の形をした山中湖の水面に翼を滑らせるように舞う姿は、まさに春の天使のようですね。

摘草の子は声あげて富士を見る　横光利一（一八九八―一九四七）

「摘草の子」とは、俳句的な省略を利かせた言い回しで、野草を摘んでいる子どもという意味になります。

春の季語「摘草」は、野や堤を散策して、食用になる野草を摘むこと。春の行楽の一つであり、「草摘む」「蓬摘む」の傍題があります。傍題とは見出しの季語の別称であり、主題に類似する季語の意味です。

この句は子どもが草を摘んでいると突然、「わあ！　富士山だ！」とその姿に気づいた無邪気な様子がシンプルに描かれています。

今まで草を摘んでいて、下を向いていたので気づかなかったのか、それともさっきまで雲に隠れていたのか。富士山を見つけた子どもの驚きが、読み手にも微笑ましく伝わってきますね。

おそらく子どもだけでなく、家族で草を摘んでいる光景が想像されるので、子どもの声につられて父も母も一緒に麗らかな富士山を仰いでいることでしょう。

この句の作者である小説家の横光利一は菊池寛に師事し、新感覚派として川端康成とともに活躍しました。私も「春は馬車に乗って」や「蠅」など、学生時代に読んで印象に残っています。横光は門下生を集めて「十日会」を催し、俳句もよく作りました。生涯で約四百句作ったと言われています。

「天主教会庭木に登る春の子ら」という同じ作者の作品もありますが、この句も季節は春で、カトリック教会の庭の木に登って遊ぶ子どもたちの純真な姿を詠んだ佳作といえます。

桜と富士

吉原や桜にあけて富士白し　田上菊舎尼（きくしゃに）（一七五三―一八二六）

「吉原や」といわれると、ついあの遊郭のことを連想してしまいますよね。それに作者が江戸時代の俳人だと知ると、なおさらそう思えます。

えっ、その吉原じゃないの？　という声が聞こえてきそうですが、実はこの句の吉原は、静岡県の富士山南麓（なんろく）にある東海道五十三次の宿場町のことなのです。

この句の前書（俳句の前に書き添える説明）には、「吉原駅にて」とあります。作者は吉原だけでなく、東海道五十三次の宿場である駅を詠んだ俳句を数多く残しているのです。

さて、これで「吉原や」の地名が読み解けましたね。上五に富士山のよく見える土地の名を持ってきて、「吉原だなあ」と詠嘆しているのです。

それから「桜にあけて」と続きますが、この「あけて」は夜明けのことでしょう。吉原の桜に夜が明けてきて、その桜の向こうに「富士白し」と霊峰が姿を現すのです。

近景に桜、遠景に富士山を置いた夜明けはさぞかし美しいことでしょうね。夜明けの清々(すがすが)しい空気のなか、桜の薄紅色と富士山の真っ白い雪帽子とが視界に重なり合っているのです。見ている作者は、その荘厳な美にため息を漏らしているかもしれません。

作者は「白雲や富士を見付のさくら時」という句も残しています。「見付」とは「すぐ正面に見えるところ」の意味です。なので、「白い雲だなあ。桜の咲く時季に富士山を真っ正面から眺められるところに立っているよ」といった意味合いになります。

この句も富士山と桜を詠み込んでいますね。しかも吉原での作。作者はよほど、吉原から眺める桜と富士山を気に入っていたのでしょう。

不二は白雲桜に駒の歩み哉(かな)　松岡青蘿(せいら)（一七四〇―一七九一）

「不二は白雲」ってどういうこと？　「富士は富士」でしょうなんて言わないでくださいね。

富士山が白い雲に隠れている様子を「不二は白雲」と端的に短く表現しているのです。なので、この句では「不二」の言葉は出てきますが、実際にはその山容は見えていないのです。雲に隠れた富士山をわざわざ詠んだということは、富士山が眺められない作者の無念さもあるでしょうが、しかしそんな情景をも楽しんでいる雰囲気がこの句には感じられますね。雲が切れれば、あそこに富士山が見えるのになあ、と心にその姿を思い描いているのかもしれません。

次に「桜に駒の歩み哉」と続きますが、「駒」とは馬のことで、「哉」は切字ですから「桜が咲くなかでの馬の歩みだなあ」と詠嘆されています。この馬の歩みに「哉」が置かれていることから、先ほど述べたように馬上で作者が楽しんでいる雰囲気が醸し出されているのです。桜を見ながらゆっくりと馬に乗って旅でもしているのでしょう。馬が出てくる時点でおわかりだと思いますが、作者は江戸時代の俳人です。姫路の人で若いころから俳諧に目覚め、二十九歳で剃髪（仏門に入って髪を剃ること）し、その後諸国を行脚したといいます。そんな旅の折に作った句かもしれません。

白雲に隠れた富士山、桜、馬との取り合わさった風景は古きよき日本画のようですね。馬ののどかな足音も聞こえてきそうです。

この句を読むと、雲に隠れてはいますが、それでも言いしれぬ富士山の大きな存在を感じずにはいられません。

夕桜一樹もて富士覆ひけり

吉野義子（よしこ）（一九一五―二〇一〇）

「夕桜」とは夕方の桜のことで、「もて」は「……によって」という意味ですから、夕方のその一本の桜の木によって富士山の姿を覆っているという句意になります。切字の「けり」が覆っていることだけに焦点を絞って、それ以外のことは省略する効果を発揮しています。きっと作者は余計なことは言わずに、純粋な風景だけを詠みたかったのでしょう。そこにこの句の絵画的な美意識が貫かれているのです。

作者はいったいどのような位置に立って、夕桜を見ているのでしょうか。わざわざ富士山が桜にちょうど隠れるような場所を作者が選んで眺めているようには思えません。そんな作為はなく、たまたま夕暮れに見た桜の木が、ちょうど富士山を覆い隠していたのでしょう。それに気づいて十七音にしたことが、作者の鋭敏さともいえます。

また、この桜の木はなかなかの大樹なのだろうと想像できますね。枝振りもたおやかでたくさんの花をつけ咲き誇っている光景が眼に浮かびます。

それにしても、一本の夕桜に隠された富士山というのは、読み手の想像力を麗しく刺激してきますね。名もない山であれば、そうはならないでしょう。桜に夕日が当たっているということは、富士山にも夕日が差しているのです。桜の大樹によって隠されている「夕富士」を脳裏に思い描いてみるのもこの句の一興といえます。

花々に彩られて

富士の笑ひ日に日に高し桃の花　加賀千代尼（一七〇三―一七七五）

この句の季語はどれでしょうか？　と訊ねると俳句を知らない人でも「桃の花」じゃないんですか？　それくらいわかりますよという答えが返ってきそうです。

もちろん正解です。「桃の花が咲くと鯉の口が開く」ということわざがありますが、川や池の水が温み、魚が活発に動き出す時期でもあります。ちなみに「水温む」も春の季語になっているので覚えておきたいですね。寒さも緩んで、水が温まってくることに春を感じた季語です。

では、もう一つ質問です。この句には隠された季語がありますがお気づきでしょうか？

この問いには、俳句のことをあまり知らない人は首をひねらざるを得ないでしょう。ちょっと難しいですよね。

実は「山笑ふ」という春の季語があるのです。北宋の画家郭熙の『林泉高致』の一節である「春山澹冶にして笑ふが如し」から季語になったのですが、春の山の生気があふれはじめた明るい雰囲気を擬人化したのが「山笑ふ」なのです。

もうこれで隠された季語は見つかりましたよね。

「富士の笑ひ」は、季語「山笑ふ」に掛かっているのです。日本一高い富士山も春になると笑いはじめ、その笑い声が日に日に高くなってゆくようだといった意味合いになります。富士山の笑いをいっそう囃し立てるように、桃の花が咲き誇っているのです。

上五の「富士の笑ひ」が、六音の字余りになっていることからも、笑いがあふれてこみ上げるリズムになっていますね。大地を揺るがすような太くて低い笑い声が、富士山の底のほうから豪快に響いてきそうな一句です。

蹴爪づく富士の裾野や木瓜の花　夏目漱石（一八六七―一九一六）

「木瓜の花」が春の季語なのですが、どうしてこんな面白い名前になったかご存知でしょうか。

実は木瓜の果実が瓜に似ていることから、木になる瓜で「木瓜」となったと言われていました。最初は「もけ」や「ぼっくわ」や「ぼっけ」などと呼ばれていたというい くつかの説がありますが、最終的に転訛して「ぼけ」となったそうです。

木瓜にはいろいろな種類があり、一般的なのは真っ赤な色ですが、その他にも緋木瓜、白木瓜、紅白の混じった更紗木瓜などがあります。

そんな木瓜の花の知識を少し蓄えたうえで、この句を鑑賞してみましょう。といってもそんなに難しい句ではないですよね。

富士山の裾野を文豪が難しい顔をしながら、散策でもしていたのでしょうか。しかし、おっとっと、石か何かにつまずいてしまったのです。歩きながら裾野から大きな富士山を仰ぎ見るあまり、足元まで気が回らなかったのかもしれません。そのそばに木瓜の花が咲いていたのです。

この句の面白さは、蹴つまずいた自分のボケた行動と木瓜とを掛けているところです。ちょっとその作為が見え見えな句ともいえますが、そこは文豪の遊び心と思うとおかしみも湧いてくるものです。親友の正岡子規に影響されて約二千六百句もの俳句を残した漱石ですが、自分のことを軽く諷刺しつつもユーモラスなこの句は、いかにもといった俳味を醸し出していますね。

もう一つ注目したいのが色彩です。この句では単に「木瓜の花」としていますから、緋でも白でも更紗でもない真っ赤な花の色と考えていいでしょう。その赤と富士山の雪帽子の白とのコントラストがとても美しいのです。

春の明るい陽気のなかで、木瓜の花も富士山も蹴つまずいた文豪を微笑んで静かに見守っているようですね。

三島の富士近し菜種の花つづき　細見綾子（一九〇七―一九九七）

俳句を詠むための吟行で静岡県三島市を訪れたことがありますが、その印象は「富士山に見守られた清流の町」でした。

三島から仰ぐ富士山は愛鷹山を手前に置いて悠然と聳え、町には富士の地下水が湧き水となってこんこんとわき上がり流れているのです。

作者もきっと他所から三島に入った際、「富士山がこんなに近いなんて！」と驚いたに違いありません。なので、わざわざ「三島」という地名を上五に字余りとなっても詠み込んだのでしょう。また、俳句では地名を詠み込むことで、その土地やそこに住む人々に対する挨拶ともなります。そう考えると、この句は三島から仰ぐ富士山と菜種の花を讃えて詠んだ挨拶句としての心配りも見えてきますね。

この句の季語は「菜種の花」で菜の花のことですが、「菜種の花つづき」は一面の菜の花を想像させます。三島から見上げる富士山があまりにも近く感じるので、その山容に吸い込まれるように目の前の菜の花畑が広がっているような感覚を作者は感じ取ったのかもしれません。色彩のコントラストも鮮やかで、富士山の雪帽子と菜の花の黄色が美しく照り映えています。

ちなみに同じ作者の句に「菜の花がしあはせさうに黄色して」がありますが、三島の句の菜の花にもどこか幸せそうな黄色の光が溢(あふ)れていますね。

風にそびえる

天上を吹く春風に富士はあり　長谷川櫂（一九五四―）

春風の吹くなか、作者の眼差しは遥かな大空に向けられています。風は眼に見えないものですが、まるで空の上の方に吹く春風を見つめているようです。その天上に富士山が泰然と存在しているのです。「富士はあり」の言葉から、山容の力強い存在感が伝わってきますね。

どんな風が来ようが、びくともしない富士山ですが、春風にももちろん動じる気配すらありません。この句にあるのは、天、風、富士山といずれも大きな自然ばかりです。逆に言うとそれだけしか描かれていないので、いっそう富士山の姿が何の飾りもなく読み手の前に現れるのです。

この句を読んだとき、私は良寛の書である「天上大風」を思い出しました。江戸時代の歌人・禅僧である良寛は十八歳で出家した末、清らかで大らかな生き方をしました。書家ではなかった良寛ですが、人柄とともにその書も人々に愛されました。

「天上大凧」は、子どもからせがまれて凧(たこ)に書いたというエピソードが残っています。天高く凧が舞い上がるようにという祈りが込められている書なのです。

この句にも「天上大凧」の墨の字の柔らかさ、大きさに似たものを感じました。名峰である富士山を手放しで讃えた一句といえるでしょう。

春風や雲ほしげなる裸富士　大淀三千風(おおよどみちかぜ)（一六三九―一七〇七）

夏目漱石の『三四郎』で、三四郎と広田先生のこんなやりとりがあります。広田先生から三四郎への問いかけが興味深いので引用します。


「君、不二山(ふじさん)を翻訳して見た事がありますか」と意外な質問を放たれた。

「翻訳とは……」

「自然を翻訳すると、みんな人間に化けて仕舞うから面白い。崇高だとか、偉大だとか、雄壮だとか」

三四郎は翻訳の意味を了した。

「みんな人格上の言葉になる。人格上の言葉に翻訳する事の出来ない輩(もの)には、自然が毫（ごう）も人格上の感化を与えていない」

詳しくは『三四郎』を実際読んでいただくとして、このくだりはなるほどと思わせますね。言い換えると、人格上の言葉に翻訳できる自然、またはしたくなる自然というのは、その人に何かしらの感化を与えているのでしょう。人間と対峙するようにその自然と向き合っているわけですから。そう考えると、富士山はまさに人格上の言葉に翻訳される最たる自然ではないでしょうか。広田先生が挙げた崇高、偉大、雄壮のどれもが富士山に当てはめることができますね。

さて、この一句も「雲ほしげなる裸富士」と、まるで人間のように富士山が表現されています。修辞的には擬人法といいます。

この句の裸富士は、一片の雲もまとわずに晴れ渡ったなかに聳える富士山のことです。また、裸富士にはもう一つの意味があり、雪帽子を被っていない夏の富士のことも指します。しかし、この句の上五には「春風や」と置かれていますから、夏の裸富士ではないですね。

雲を欲しがる富士山は、春風に吹かれてなんだか寂しそうです。どんな雲でもいいから遊びに来てくれよと嘆いているみたいですね。この句の富士山には孤高、憂愁、寂寥（せきりょう）の言葉が似合いそうです。

荒東風（ごち）や富士蒼然（そうぜん）と磨かるる　　戸恒東人（とつねはるひと）（一九四五―）

「東風（こち）」は東から吹く寒気の緩んだ風で春の季語ですが、その語の上に「荒」の字が付くと、まさしく荒々しい強風となります。

上五に切字の「や」があることから、荒々しい春の風だなあと詠嘆され、その後に現れる富士山にも上五の風が吹きすさびます。

荒東風に吹かれると、富士山はいったいどうなるのでしょうか？

そこからが作者の腕の見せ所なのです。まず、注目したいのが、「蒼然と」という言葉です。読んで字のごとく、青々とした有り様の富士山になっているなと作者はとらえたのです。まだ頂上に雪を頂いた富士山が、荒々しい東風に吹かれることで青ざめてゆくような色彩を感じたのでしょう。心の眼でとらえた富士山の詩的な雰囲気と言い換えてもいいかもしれません。

次に「磨かるる」の動詞が続くことでいっそうその青みが研ぎ澄まされてゆくのです。青光りする富士山を想像すると、まさに「壮絶な美しさ」という言葉が似合いそうです。まるで風が果てしない砥石（といし）となって、富士山が巨大な刃物のように磨き上げられる即物的な関係のようにも見えてきますね。なだらかな曲線を持つ富士山ですが、強風によって尖(とが)ってゆくようなイメージが読み手の頭にも浮かんできます。

そんな富士山を見つめている作者も荒東風に吹かれているのでしょう。富士山が風で磨かれてゆくように、作者も青々と研ぎ澄まされて、その心も鋭く澄み渡っていったのではないでしょうか。

蛙と富士

夕富士に尻を並べて鳴く蛙　　小林一茶（一七六三―一八二八）

私の故郷の和歌山では、周りが田んぼだらけだったこともあり、蛙の声がやかましいほど聞こえてきました。

小学生のころ、おたまじゃくしをたくさん捕まえてきては、バケツで飼ったものです。飼っていると、おたまじゃくしに足が生え、手が生え、顔の形も変化していきました。だんだん蛙の形態になってくるのを観察しながら、幼かった私の胸は躍りました。

やがて蛙になると、バケツのなかは小さな蛙だらけになって、ピョンピョン跳ね回り賑やかになりました。てんでに飛び跳ねて隙あらば、バケツから飛び出ようとするので難儀したことを思い出します。

この句を通じて、そんな思い出がふと蘇ってきたと同時に、「尻を並べて鳴く蛙」というのは、あのバケツのなかの蛙と比べると、なんと礼儀正しい蛙だろうと思えてきて笑いがこみ上げてきました。

まるで夕方の富士山に向かって、我らの鳴き声を聞いてくれと言わんばかりに、蛙たちが尻を並べて合唱しているのです。この「尻を並べて」という言葉遣いに、作者である一茶独特のユーモアがにじみ出ていますね。

蛙を正面から詠むのではなく、尻＝背後から捉えて、その向こうに夕富士を置いたところなど、写真のような遠近を意識した構図であり、心憎い演出ともいえます。

一茶の有名な蛙の句といえば、「痩蛙まけるな一茶是に有り」ですが、小さくて見ようによっては可愛らしい蛙に、一茶はなかなかの思い入れがあったのでしょう。

富士高くおたまじやくしに足生えぬ　原石鼎（一八八六―一九五一）

この句の季語は「おたまじゃくし」で春なのですが、「俳句歳時記」では中国語である「蝌蚪」という難しい名称で立項されています。

「蝌蚪」という字は読みづらいですし、俳句を知らないと、これがおたまじゃくしのことだとは想像もつきませんね。ぜひとも、この機会に「蝌蚪」という呼び名も覚えてみてください。

さて、この句の面白さは、富士山とおたまじゃくしを組み合わせて十七音にしたところです。

上五で「富士高く」と富士山の標高の高さを強調しておいて、その裾野かあるいはそこよりもっと離れた水中に育つおたまじゃくしの足が生えてきたことを唐突に言い出す感じが、子どもの無邪気なおしゃべりのようで楽しい一句だと思いませんか？

どうしてそんな関係のないことをいきなり言い出すのだろう……と一瞬戸惑う読者もいるかもしれません。そこが作者の狙いでもあるのです。

富士山とおたまじゃくしは何の接点もありません。しかし、じっくり鑑賞していくと、一句のなかで不思議な化学反応を起こすように、作者の世界観が示されていることに気づかされます。

天空に向かって聳える富士山と水中で地に向けて生えてゆくおたまじゃくしの足。短い十七音のなかに、この惑星における天と地がさりげなく描かれているのです。そこに生々流転やこの世の摩訶不思議を感じられるようであれば、あなたは詩人の心を持ち合わせているといえるでしょう。

目は借さじ富士を見る日は蛙にも　横井也有（よこいやゆう）（一七〇二―一七八三）

この句は季語を知らずに読むと、何のことだかさっぱりわからないという事態に陥るでしょう。要するに季語が、句を読み解く重要なキーワードになっているのです。

皆さん、「蛙の目借時（めかりどき）」という言葉をご存知ですか？

私も俳句を作りはじめて知ったのですが、「蛙の目借時」は歴（れっき）とした春の季語なのです。俳句ではそれを略して「目借時」と使う場合もあります。

蛙の声が聞こえてくるころ、春も深まり眠気を催すものです。その眠気は蛙が人間の目を借りるからであるという俗説があるのです。つまり時候の季語として、うつらうつらしてしまう眠い時季が「蛙の目借時」というわけです。眠気を蛙のせいにしているのが面白いですね。

さて、キーワードである「蛙の目借時」を踏まえて改めてこの句を読んでみましょう。

まず上五に「目は借さじ」とありますね。助動詞「じ」は打ち消しの推量または意志ですから、この句の場合は「目は貸さないよ」という意志の表現になります。「借」の語は、文部科学省の漢字の用法の指針に基づけば「借りる」の意味で使われるのが通例ですが、実は昔は「貸す」という意味にも使われていました。なので、現代の日本語で表記すると「貸さじ」ですね。この句は江戸時代のものなので、現代の「借」よりも豊かな意味合いで使われているのです。

それで一句を読み解いてみると、「いくら眠気を催す春の日（蛙の目借時）だからといって、富士山を見る日ばかりは、蛙にも私の目は貸さないよ」となります。「蛙に目を貸してしまうと富士山が見られなくなってしまうからね」と、つぶやく作者のお茶目な表情まで伝わってきますね。

この句は「蛙の目借時」という季語を分解して詠み込み、「目は借さじ」と最初に結論を述べた倒置法で表現したところが巧みといえます。

夏

水にきらめく

五月富士湧水砂を噴き上ぐる　塚本清（一九三一―）

富士山の周辺には、百ヶ所近くのいろいろな形態の湧水が噴き出ているといわれています。

富士山の雪解けや雨水の大部分が地面に染み込んでいき、長い時間を経て湧水となって地表に現れるのです。有名な湧水は山梨県忍野村の忍野八海、静岡県清水町の柿田川湧水群、同県富士宮市の白糸の滝、富士山本宮浅間大社の湧玉池などが挙げられます。

私が富士山の湧水を実際飲んで味わったのは、三島に点在する湧水と、御殿場の新橋浅間神社の「木の花名水」ですが、どれも清涼で美味しい湧水でした。何より富士山を仰ぎながら飲む湧水というのは格別ですね。

この句にも湧水が登場しますが、「砂を噴き上ぐる」という描写が、富士山の湧水の美しさと豊富さを物語っています。湧水に噴き上げられた砂は陽光を受けて、水のなかで踊るように微細な光を放っているのです。

湧水の向こうには、その水の源泉となっている「五月富士」が聳えています。「五月富士」は陰暦五月の富士山のことですが、現在では陽暦五月の富士山をいう場合もあります。

湧水の水面に富士山の姿が映えている情景も想像できるこの句には、夏を迎えた富士山の力強い生命力が溢れているといえるでしょう。

宝永の深傷見せて代田富士　本宮鼎三（一九二八―一九九八）

「宝永の深傷」と「代田富士」の二つを読み解かなければ、この句の光景ははっきりと見えてきません。

まず「宝永の深傷」について触れていきます。

宝永とは元号のことで江戸中期を指します。宝永四年（一七〇七年）に富士山南東側の五合目辺りの山腹が大噴火しました。その宝永大噴火が残した傷跡を「宝永の深傷」と詠んでいるのです。

宝永大噴火は、約半年ものあいだ断続的に起こり、江戸の町にもたくさんの火山灰が降り積もったといわれています。

岡本かの子の短編小説「宝永噴火」には、「その被害地の恢復に幕府は三十五年間から七十年余もかかったところがある。幕府は全国の扶持取りから百石につき二両ずつ上納させて救助復興の資金にあてた。」と記されており、その被害の甚大さがうかがえます。現在でも宝永火口の大きな窪み は在り在りと残っており、その周りを散策することもできます。

この句はその宝永火口が見えているので、御殿場市か沼津市辺りから眺めた富士山といえるでしょう。

そして「代田富士」ですが、「代田」が夏の季語となります。代田とは田植えの準備が整った田んぼのことです。田植え前の水を張った田を掻きならすことを「代掻く」「田掻く」などといい、昔は重労働でした。しかし現在は機械化が進んだことで、人力や牛馬で行う光景はほとんど消えました。

そんな代田の季語の意味を踏まえて、「代田富士」とは何だろうと想像力を働かせてみてください。するとだんだん、田んぼの水面に映った富士山の姿が目に浮かんできませんか？

逆さ富士とは湖や海の水面に逆さまに映った富士山の影のことですが、この句では田んぼの水面にも逆さ富士が現れたのです。「代田富士」とはとても美しい言葉ですね。

宝永大噴火で深い傷跡を受けた富士の山肌が、時代を経て現在の田んぼの水面に映えている風景は、どこか深遠な歴史の不思議さをも感じさせてくれます。

一雷神富士駆け下りて湖(うみ)に落つ　宮下翠舟(みやしたすいしゅう)（一九一三―一九九七）

「雷神」とは雷電を起こす神のことで、鬼のような容貌(ようぼう)をした褌(ふんどし)姿のまさに雷様のことです。俵屋宗達(たわらやそうたつ)が描いた「風神雷神図」が特に有名ですね。

夏場に最も多いことから「雷」は夏の季語となっていますが、「雷神」はその傍題です。他にも「いかづち」「はたた神」「雷鳴」「遠雷」「落雷」「鳴神」などと季語では使われます。

この句の「一雷神」とは、一筋の雷と考えていいでしょう。富士山の上空にある黒い雲から、大きな雷鳴を伴って、バリバリバリッと放電の光が生まれて、その山肌を一気に駆け下りたかと思うと、湖に落ちていったのです。この句の湖は山中湖のことなので、富士山とは目と鼻の先。湖面も雷光で激しく瞬いたことでしょう。

この句では「湖」を古語として「うみ」と読みます。なので、上五の「一雷神」が一音多い字余りを作り出していることになります。しかし、上五を「雷神の」とすると字余りにならず、五七五の定型を崩さずに詠めたわけです。

作者は字余りにしてでも、「一雷神」と表現したかった理由は、「一」という数を入れて一筋の雷であることを強調したかったのでしょう。読み手にとっても、そのほうが湖に落ちてゆく一筋の雷を脳裏に描きやすいですね。また、「一雷神」という漢語的な堅い音の響きが勇ましく、この句にぴったり合っているとも考えられます。

実際にこの句のような光景に出合うと恐ろしいでしょうが、富士山を駆け下りてゆく凄まじい雷を一度は見てみたい気持ちにさせられますね。

夏富士の裾に勾玉ほどの湖　杉良介（一九三六―）

富士山の裾にある湖といえば、山中湖、河口湖、西湖、精進湖、本栖湖の富士五湖でしょう。そのすべてが富士山の噴火によって流出した溶岩流に河川がせき止められてできた堰止湖です。

この句で注目したいのは「勾玉ほどの湖」の表現なのですが、遥か上空から湖を見下ろしている視点を思わせます。飛ぶ鳥の視点か飛行機から見た眺めといった感じでしょうか。

富士五湖の形を地図で見てみると、大小の差はあれど、どれも勾玉と言われれば勾玉のような形状に見えてきます。そして、なぜ湖を「勾玉ほどの」とたとえたかを形の類似の視点からだけではなく、もう少し深く考えてみると思わぬ景色が見えてくるのです。

そもそも「勾玉」とはいったい何でしょうか？

勾玉は古代の装身具に使われた玉のことで、翡翠、瑪瑙、碧玉、水晶、琥珀などのさまざまなものを用いて作られました。紐を通す孔があり、首飾りや副葬品としても扱われました。

その勾玉の意味合いを頭に入れて、もう一度この句を鑑賞してみましょう。地図で鳥瞰的に富士山を見下ろしたとき、その山容が首のように感じられ、裾に当たる首回りに富士五湖が並んでいるのです。富士五湖が勾玉だとすると、まるで富士山の首飾りのように見えてきます。しかも夏富士ですから、湖はそれぞれ強い陽光に宝石のように輝いているのです。

このように「勾玉」の意味を下敷きにして鑑賞してみると、富士山を装飾する大いなるネックレスのように富士五湖が見えてきていっそう眩しく感じられますね。

海上に富士より高き雲の峯（みね）　島村正（一九四三―）

海の上に富士山が見えるということは、静岡県側から見える表富士でしょう。伊豆半島の西伊豆辺りから眺めた、駿河（するが）湾を挟んだ光景などが想像できますね。

この句の季語は「雲の峯」で、夏の積乱雲のことです。俗に入道雲といわれますが、夏の強い日差しのために上昇気流が生まれ、それによって高々と押し上げられた雲の形を山に見立てて雲の峯と呼ばれます。まさに真夏の象徴のような巨大な雲ですね。

この句は天空に向かってどんどん成長した雲の峯が、ついに富士山を越えた光景を描いています。

真っ青な真夏の海の上に、富士山と雲の峯が競い合うように聳えている様子は勇壮の一語に尽きるでしょう。しかし、富士山を越えた入道雲もやがて崩れてゆき、形を変えて消えてゆくのです。なので、勇ましいこの諷詠（ふうえい）は、自然の流転の一瞬をとらえたといってもいいでしょう。

江戸時代の俳人が、富士山と雲の峯を詠んだもので、

雲の峯のにせ物なれや富士の嶽　釈久任（ひさとう）

という句がありますが、これは雲の峯は富士山の偽物であると詠んで戯れています。

同じ富士山と雲の峯との取り合わせでも、この二句を比較して読んでみると、子どものようにおどけた詠み方や勇猛果敢な詠み方もできることに気づかされて面白いですね。

赤富士に露滂沱(ぼうだ)たる四辺かな　富安風生(とみやすふうせい)（一八八五―一九七九）

作者は生前の一時期、毎年のように夏場を山中湖畔に過ごし、山荘から見える富士山を数多く俳句にして残しました。

この句は昭和二十九年の作で、「山中湖畔十三句」のなかの一句です。この句に「赤富士」と詠まれていますが、葛飾北斎(かつしかほくさい)が「冨嶽(ふがく)三十六景」に描いた「赤富士」はよく知られていますね。もちろん、北斎の「赤富士」からその名称が広がったのですが、俳句では富安風生が初めて詠みました。その後、夏の季語として定着します。

ところで、「赤富士」とはいったいどんな富士山のことでしょうか？

その現象は晩夏から初秋にかけて、山梨県側から見える裏富士の山肌が早暁の陽に映えて真っ赤になることをいいます。早朝のわずかな時間帯に霧や雲の動きによって、色彩を刻一刻と変化させて、富士山は神秘的な姿を見せるのです。

この句の「赤富士」も、早朝の光に真っ赤になって輝いています。その山容の辺り、作者が佇(たたず)んで眺めているその周辺も含めて、草木が朝の露を置いて濡れそぼっているのです。

「滂沱」という言葉は、雨の激しく降るさまや涙の止めどなく流れるさまに使われますが、この句では「露」に付いて、高原地帯の早朝の光景を的確に描いています。

「赤富士」「露滂沱」「四辺」と漢字を上五、中七、下五に配して格調高い調べを作り出すと同時に、その音律そのものが富士山の品格となって、香り立つような一句に仕上がっています。

富士青々と

不二ひとつうづみのこして若葉哉(かな)　与謝蕪村(よさぶそん)（一七一六―一七八三）

この句の優れているところは、「うづみのこして」という擬人的な表現に若葉の生命力が宿っていることでしょう。つまり「うづみのこして」とは、若葉の繁殖力をもってしても、富士山を「埋めることができなくて」という意味になります。

若葉は晩春から初夏にかけて、だんだんと萌(も)え出て増えてゆきます。富士山麓(さんろく)も若葉に覆い尽くされてゆくのですが、さすがに標高の高い富士山までは、若葉の繁茂もたどり着けません。また同時に、五合目より上は火山砂礫(されき)に覆われているので、実質的に植物が育ちにくい環境となっています。そのために富士山だけ、若葉をはねつけるように孤高を保っているのです。この孤高を強調するように「ひとつ」という語を意識的に句のなかに入れています。富士山は一つしか存在しないので、わざわざそう表現しなくてもいいのですが、作者は聳(そび)え立つ富士山を大いに讃(たた)えたかったのでしょう。

正岡子規は、この句を中七が理屈くさい形容で月並調（ありふれていて平凡な俳句のこと）であると認めなかったようですが、この句は「うづみのこして」と詠んだことで逆に命が吹き込まれたのです。そして、擬人的な視点だけでなく、「うづみのこして」は鳥瞰的な視点も持ち合わせています。さすが作者は画家でもあっただけに、斬新（ざんしん）な角度で富士山を切り取っています。

作者は非常に大きな構図で風景をとらえたことによって、富士山の雄渾（ゆうこん）な姿をも同時に表すことに成功しました。

ダイナミックな富士山と若葉の生命力とがせめぎ合う様子を静かに熱く描いた一句です。

青富士や曲がらぬ径（みち）やどこまでも　加藤楸邨（しゅうそん）（一九〇五―一九九三）

鬼には赤鬼、青鬼がありますが、富士にも赤富士、青富士という呼び方があります。夏は「青」のつく季語がたくさんありますが、この句の「青富士」も夏の富士山のことです。晴天に青く煙ったように聳える富士山は、まさに夏山の雄といった佇（たたず）まいですね。

さて、この句の上五「青富士や」の「や」は切字ではないことにお気づきでしょうか？　中七を見てください。「曲がらぬ径や」と再び「や」が使われていますよね。この「や」も切字ではないのです。つまり、この二つの「や」は並列の意味として使われています。なのでこの句は、「夏の富士山も曲がらないまっすぐな径もどこまでも続いているようだ」といった意味合いになります。

また、もう少し細かく鑑賞すると、この句は二つの解釈が成り立ちそうです。

一つは山開きした富士山を登っているという解釈です。富士山の頂上を目指して、しばらく曲がらない径をひたすら登っているのです。もう一つは、地上にいて遠くに見える富士山を目指して径を歩いているという解釈です。どちらにしても、この「径」という漢字は「こみち」「回りみちをしないようまっすぐに通じた近みち」の意味があります。一人、二人が通れるような爽（さわ）やかな細いみちが想像できますね。

この句を読むと、なんとなく「線路は続くよどこまでも」という歌のフレーズが浮かんできました。それに通じる心の弾みが感じられる一句ですね。

万緑といふつばさ延べ富士の山　　鷹羽（たかは）狩行（しゅぎょう）（一九三〇—）

この句には二つの見立ての技法が用いられています。

一つは「万緑といふつばさ延べ」ですが、まず夏の季語である「万緑」を説明しましょう。

万緑とは、新緑よりも深まった色合いの、見渡すかぎり一面の緑の生命力に溢れた状態のことです。

中国は北宋の時代の政治家で詩文にも長じた王安石の「万緑叢(そう)中紅一点」の詩に基づきます。季語として一般的に定着したのは俳人の中村草田男(くさたお)が、「万緑の中や吾子(あこ)の歯生え初むる」と詠んでからです。万緑のなかで我が子の歯がようやく生えはじめたという、大きな緑と小さな歯を対比させた生命賛歌の一句といえるでしょう。

これで「万緑といふつばさ延べ」が、どんな風景かわかりましたね。

富士山の麓から広がる真夏の一面の緑は、まるで巨大な鳥が翼を広げているようだと詠んでいるのです。これが一つ目の見立てです。

二つ目はすでに答えを言ってしまいましたが、「富士の山」を巨大な鳥のように見立てているのです。富士山にはもちろん翼はありません。しかし、まず作者は万緑を翼のようだと発見すると、その緑の翼を広げている胴体は富士山であると見て取ったのです。

そんな広大かつ新鮮な見立てによって、この句の富士山には、今にも大空へ羽ばたいていきそうな力強い命が宿ったといえるでしょう。

桐の花富士と大空頒ちけり　川村紫陽（一九二四―二〇一〇）

夏の季語「桐の花」は、落葉高木で高さ一〇メートルほどにもなり、筒状の紫の花をたくさん咲かせます。桐の箪笥というと高級品ですが、木の材質が良く、古くから栽培され珍重されてきました。

また、その名の語原は、木を切ることでかえって生長が早くなることから「キリ」と名づけられました。

桐の花を詠んだ俳句を見ていくと、

桐咲いて雲のひかりの中に入る　飯田龍太
桐咲くと誰もが遠き方を見る　菖蒲あや
あを空を時の過ぎゆく桐の花　林徹

など、目線の高い詠み方をされている作品が散見されます。高々と咲く桐の花の様子が必然、詠み手を高い視点へと導くのでしょう。

この句も「富士と大空頒ちけり」と作者の視線は上を向いていますね。「頒つ」は

「分つ」「別つ」とも表記します。

ではなぜ、作者は「頒つ」という表記を選択したのでしょうか？

それは「分けて配る、分配する」という意味合いを明確に示したかったからでしょう。

高いところに桐の花が咲いており、遠くに富士山が聳え立っている、その遠近の作用によって両者が大空を分け合っているように見えたのです。

桐の花は五月上旬ごろから咲き始めますので、富士山の雪もおおむね消えてくる時節といっていいでしょう。上品な桐の花の紫色と山肌を見せ始めた富士山とのコントラストは、ひときわ高く美しく響き合っています。


柿若葉雨後の濡富士雲間より　渡辺水巴（一八八二―一九四六）

「若葉」だけでも夏の季語ですが、そのなかでも特に美しく印象的な若葉はその名を冠して季語となっています。この句の季語でもある「柿若葉」をはじめ、「椎若葉」「樫若葉」「樟若葉」「楓若葉」などが代表的なものです。

柿若葉重なりもして透くみどり　富安風生

といぅ柿若葉そのものを詠んで、その色合いを美しく描いた一句もあります。その葉は光沢をたたえて柔らかく、萌黄色(もえぎ)が鮮やかなのが特徴です。初夏の陽光にひらめく柿若葉を目にすると、夏の訪れを実感させられますね。

この句はそんな柿若葉を最初に見せておいて、「雨後の濡富士雲間より」と続きます。中七ではじめて、雨上がりだったということがわかるのですね。ということは、この柿若葉も雨に濡れているのでしょう。そして当然、富士山もまだ濡れているのですが、この「濡富士」という表現がなんとも粋な表現だと感じました。「濡」とは濡れる意味、ともう一つ恋愛、色事、情事などの意味もあります。「濡文」といえば恋文、「濡坊主」といえば色好みの僧侶の意味なので、「濡」の語には艶(つや)っぽい意味合いがつきまとうのです。

この句の「濡富士」も雨上がりの富士山ですから、雨に濡れた山容と解釈するのが妥当でしょうが、しかしどこか肉感的で艶(なま)めかしい雰囲気も漂っているようです。

そして下五の「雲間より」で、雨後これからもっと晴れてくるであろう様子が、富士山の姿とともに立ち上がってきます。

雨上がりの魅惑的な富士山と濡れた柿若葉とがお互い照り合うように、初夏の眩しい風景を見せてくれる一句です。

生き物と富士

孑孑(ぼうふら)の富士ふみちらし遊ぶなり　大伴大江丸(おおとものおおえまる)（一七二二―一八〇五）

俳句をはじめた当初、「孑孑」が夏の季語になっていると知ったとき、こんな目につかない生き物にまで季節を感じ取って日本人は俳句を作ってきたのか！　と驚いたことを覚えています。

　孑孑やてる日に乾く根なし水　炭太祇(たんたいぎ)

と江戸の俳人も句を残しています。「根なし水」とは水たまりのこと。水たまりにまで孑孑が湧いており、照りつける日差しに干上がる状況を詠んでいます。大慌てする孑孑の哀れと、容赦のないその命の危機が目に浮かんできますね。

　孑孑は蚊の幼虫で、夏の池や溝などの溜(た)まった水のなかにたくさん浮き沈みしています。別名「ぼうふり」「棒振虫」というように、まるで棒を降るように水中でくねくね体を動かし、これが蚊になって飛び回るとはその姿からはとても想像できません。尾の先に呼吸器官を持ち、一週間のうちに四回脱皮して蛹(さなぎ)になるそうです。

さて、この句の孑孑は富士山を踏み散らしています。しかし、水中にいる孑孑が富士山を踏み散らすとはいったいどういうことでしょうか？

この句の富士は実体ではなく、水面に映ったものでしょう。ということは、富士山に近い水辺と考えられます。水面に綺麗（きれい）に映った富士山を孑孑が踏み散らかして、わいわい遊んでいるように作者には見えたのですね。孑孑と富士山との意外な取り合わせがこの句の魅力となっています。

富士山の映りこんだ水面を揺らす孑孑の姿は想像するだけでユーモラスです。

朝の蚊（か）や不二見る窓をぬけて行く　松浦羽州（まつうらうしゅう）（一八二六―一九一四）

蚊の幼虫「孑孑」が季語であれば、当然成虫である「蚊」も夏の季語となっています。

熱帯夜に寝ようとするとき、どこからともなく蚊の羽の音が近づいてきて、耳元をぶうんと掠（かす）めていくと苛立（いらだ）たしい気持ちになりますよね。一匹の蚊のために就寝を妨げられる場合もありますが、あのぶうんという羽の唸（うな）りを「蚊の声」といって俳句に詠んだりします。蚊は鳴いたり声を出したりしませんが、あの羽音を「蚊の声」と言われれば妙な実感があります。短い俳句で使う季語であるからこそ、省略の効いた言い回しが生まれたといえるでしょう。

さて、この句には開け放った窓から遠く富士山の方へ飄々と飛んでゆく「朝の蚊」の様子が描かれています。

上五で「朝の蚊や」とわざわざ切字の「や」を置いて、「朝の蚊だなあ」と強調している詠みぶりが面白いですね。たまたま蚊が目に映ったのかもしれませんし、「蚊の声」を聞きつけて気づいたのかもしれません。どちらにしろ、さあ朝の清々しい富士山でも見ようと窓を開けると、その窓をすっと蚊が通り抜けていったのです。蚊は小さいので、飛んでゆく姿はすぐに見失ったことでしょう。しかし、窓を出てゆく蚊はか弱いながらも、まるで遥かな富士山を目指すように飛んでいったのかもしれませんね。

どことなく滑稽な風景に、何気なく富士山が登場する爽快な一句です。

ほととぎす富士は噴く火をなおはらむ　宇咲冬男（一九三一―二〇一三）

夏の季語「ほととぎす」はこの句ではひらがなで書かれていますが、漢字で書くと時鳥、不如帰、杜鵑、蜀魂、杜宇、田鵑、沓手鳥、霍公鳥と多くの表記があります。

俳人の正岡子規の「子規」もほととぎすと読むのですが、どうして「子規」という俳号を付けたかご存知でしょうか？

子規が結核に冒されて最初に喀血（かっけつ）したのは明治二十一年、二十一歳のときでした。その病気と俳号が関係あるのです。ほととぎすは「鳴いて血を吐く」といわれますが、その由来は口のなかが赤いことと、血を吐くまで鋭く鳴くという俗説からきています。そのほととぎすと喀血した自分とを重ね合わせて俳号にしたのです。当時、結核はまだ特効薬もなく死病としてたいへん恐れられていました。そんな病をからかい皮肉るように己の俳号を「子規」としたのです。そこに正岡子規の諧謔（かいぎゃく）性、覚悟、諦観（ていかん）といった複雑な精神が見え隠れしています。

さて、この句も「鳴いて血を吐く時鳥」と富士山の血のような噴火とを掛けて詠まれています。

富士山の火山活動は有史以降から江戸中期まで十数回に及ぶことが確認されていますが、現在においても若い活火山とされています。ということは、この句に「富士は噴く火をなおはらむ」と詠（うた）われているように、いつ噴火してもおかしくない状態ともいえるのです。

この句を単なる風景として眺めると、ほととぎすが鳴いていて、富士山が聳えているという平穏な空気が流れています。しかし、ひとたび「鳴いて血を吐く時鳥」と富士山は活火山であるという意味合いを結びつけると、何か鬼気迫る象徴性を帯びた光景にも見えてきますね。

ほととぎすの鳴き声に、富士山の内側に眠っている激烈なエネルギーが刺激され噴火しそうな、危機感をはらんだ一句といえるでしょう。

啄木鳥（きつつき）のうなじが赤し雪解（ゆきげ）富士　千代田葛彦（くずひこ）（一九一七―二〇〇三）

この句は、山梨県の富士箱根伊豆国立公園に属する三ッ峠山で作られました。三ッ峠山とは開運・御巣鷹（おすたか）・木無の三山の総称で、主峰である開運の標高は一七八五メートル。屏風（びょうぶ）岩といわれる断崖は、ロッククライミングで知られています。また、頂上からは河口湖を隔てて富士山を眺めることができます。

まずこの句の一番の魅力は、「啄木鳥のうなじが赤し」と表現したところでしょう。啄木鳥とはキツツキ科の鳥の総称で、コゲラ、アカゲラ、アオゲラなどが有名ですね。

この句の啄木鳥はアカゲラでしょう。お腹の下辺りが赤いことからアカゲラと呼ばれますが、そのなかでも後頭部の赤いアカゲラは雄とされています。「啄木鳥のうなじ」は後頭部に当たるので、この句の啄木鳥も雄と考えられるでしょう。

しかし、その後頭部を「うなじ」とはよくいったものです。うなじということで、雄の啄木鳥ではありますが、どこか色男のような伊達者の雰囲気が出てきますね。

「啄木鳥」は秋の季語で、「雪解富士」は夏の季語なので季重なりの句ですが、メインは「雪解富士」になるので夏の句になります。

私も夏場に雑木林で、樹木を嘴(くちばし)でうがっているタタタタタッというまさに木をつつく音を何度も聞いたことがあります。しかし、なかなか姿は見せてくれませんでした。いったいどこにいるのかなと思って見渡してみたのですが。この句の作者は運良く啄木鳥を目に留めることができたのでしょう。

雪がほとんど見られなくなった雪解富士の山肌の色と啄木鳥のうなじの赤の対比が、大自然のなかで輝いていますね。そして、啄木鳥の木をつつく音や鳴き声まで想像すると、雪解富士のほうへ美しく響き渡っているようです。

郭公(かっこう)も声はばかれり全裸富士　沢木欣一(きんいち)（一九一九―二〇〇一）

夏の季語である「郭公」の声を初めて聞いたとき、そのどこか牧歌的な響きと寂しさの漂うような声に魅せられました。

「閑古鳥」というのは郭公の古名であり、商売などがうまくいかず流行らない様子を「閑古鳥が鳴く」といいますね。あれは郭公の物寂しく鳴く声に掛けているのです。

また、郭公は自分の卵を頬白や鵙や葭切などの他の鳥の巣に産みつけて雛を育てさせる托卵という習性があります。育児放棄といってもいいこの行為を知ると、郭公はなかなかずうずうしいやつだなと、ちょっと見方が変わったりもします。

さて、この句は郭公のおとなしい一面が詠まれています。「郭公も声はばかれり」とは、郭公が遠慮して鳴いているという意味です。どんな光景で鳴いているかというと、「全裸富士」が近くにあるのです。

全裸富士とはまた面白い表現ですね。夏場の黒い山肌を露わにした、何も身にまとっていないように見える富士山を「全裸」と擬人化して捉えているのです。

そんな富士山を前にして、郭公が恥ずかしがっているのか、またその堂々とした山容に怖気づいているのか、その声を憚っています。「憚る」の意味には「憎まれっ子世に憚る」とも使われるように、幅をきかす、のさばる意味もありますが、この句の場合はその意味合いは当てはまらないでしょう。郭公はそんなに幅をきかすような鋭い声で鳴いたりしないからです。

夏の富士山に「カッコウ、カッコウ」とその声がほのかに残響する光景というのは、安らかでいて味わい深いものですね。

裏富士

天下茶屋山の声湧く桜桃忌(おうとうき)　角田白風(つのだはくふう)（一九一〇—二〇〇三）

「桜桃忌」は六月十九日、小説家の太宰治が亡くなった日です。俳句では文人の命日（＝忌日）も数多く季語になっており、「桜桃忌」は夏の季語になります。昭和二十三年六月十三日に玉川上水で入水自殺を図り、十九日に太宰は発見されました。享年三十九歳。

この句の「天下茶屋」とは、太宰の短編「富嶽百景」の舞台である山梨県の御坂峠(みさかとうげ)にある茶店のことです。そこから見た富士を太宰はこのように書いています。

あまりに、おあつらいむきの富士である。まんなかに富士があって、その下に河口湖が白く寒々とひろがり、近景の山々がその両袖にひっそり蹲(うずくま)って湖を抱きかかえるようにしている。私は、ひとめ見て、狼狽(ろうばい)し、顔を赤らめた。これは、まるで、風呂屋のペンキ画だ。芝居の書割だ。

しかし、太宰は富士を貶(けな)すだけでなく、

> 「いいねえ。富士は、やっぱり、いいとこあるねえ。よくやってるなあ」富士には、かなわないと思った。念々と動く自分の愛憎が恥ずかしく、富士は、やっぱり偉い、と思った。よくやってる、と思った。

などと、富士山に対する愛憎相半ばする気持ちを表します。そしてかの有名なくだり、

> 三七七八メートルの富士の山と、立派に相対峙(たいじ)し、みじんもゆるがず、なんというのか、金剛力草とでも言いたいくらい、けなげにすっくと立っていたあの月見草は、よかった。富士には、月見草がよく似合う。

が生まれます。そのなかの一節「富士には月見草がよく似合ふ」は御坂峠に文学碑として刻まれています。

さて、俳句のほうに戻ると、天下茶屋の後に、「山の声湧く」と続きます。桜桃忌

にはもう梅雨入りしているでしょうから、この句は梅雨の晴れ間と考えられます。雨水をたっぷり吸った草木は輝き、生い茂っているのです。その様子が富士山を真ん中に据えて、「山の声湧く」という表現になっているのでしょう。緑滴る山が生気溢れる声を放っているのです。

上五、中七の明るさと下五の忌日の暗さが対比されることで、いっそう太宰の死が浮き彫りにされ追悼の念がにじみ出ています。

裏富士の月夜の空を黄金虫(こがね)　飯田龍太(一九二〇—二〇〇七)

月光に照らされた裏富士は、さぞかし幻想的で美しいことでしょう。その空を小さな昆虫である黄金虫が飛んでいるのです。

季語の視点からこの句を見ると、「月夜」が秋の季語、「黄金虫」が夏の季語になります。二つの季語が入っているので季重なりなのですが、主季語は夏の「黄金虫」になります。なぜなら、四季を通して「月」は見られるからです。「月夜」が秋の季語なのは、月のさやけさが秋季に極まるからです。一方、「黄金虫」は夏にしか見られませんよね。

「黄金虫」の季語の傍題は、「かなぶん」「ぶんぶん」「ぶんぶん虫」などで、いずれも大きな羽音をさせて飛ぶ特徴を別名にしています。

しかし、この句からはあまり黄金虫の羽音が聞こえてきません。それは作者と黄金虫の距離感の問題でしょう。裏富士を背景にして、月夜の空をよぎる黄金虫は聴覚に訴えかけるよりも、視覚に強く印象を残します。

月光を浴びて裏富士がぼんやりと浮き上がるなか、もともと光沢のある綺麗な羽を持つ黄金虫がいっそうその月明りに映える点景となって光り輝いているのです。

いったいこの黄金虫はどこへ向かって飛んでいるのでしょうか。樹液を求めて森を目指しているのでしょうか。月夜の富士山を背景に作者が、その黄金虫の行方を見送っている様子はいかにも密(ひそ)やかです。

裏富士やかゝる里にも美人草　川上不白(ふはく)（一七一八—一八〇七）

作者の川上不白は紀伊新宮藩水野家に仕える藩士の次男に生まれました。やがて当主の勧めで茶道を学び、茶道江戸千家、不白流の祖となって大成します。そして、茶道の傍ら俳諧(はいかい)もよく学びました。

この句は上五に「裏富士だなあ」と、山梨県側から見える富士山をまず讃えていま す。その後、「かゝる里にも美人草」と続きますが、「かゝる里にも」とは「このような人里にも」という意味です。「美人草」とは雛罌粟の別称で、虞美人草ともいわれますね。楚王項羽の寵姫虞氏が、死後にこの花に化したという由来から虞美人草の名があります。夏の季語であり、五月から六月に、四弁の丸い花を咲かせます。色は朱、紅、白、絞りなどさまざまです。

この句の他にも、

裏富士と虞美人草を一景に　松本巨草

という裏富士と雛罌粟とを組み合わせた句を見つけました。「一景に」というだけに、まさに写生の句ですが、不白の句はもう少しひねりが加わっています。

「かゝる里にも」という中七の後に、「美人草」と置いたのは、見目麗しい女性の「美人」を掛詞にしているのです。

「裏富士が初夏の空に聳えているなあ。このような人里にも雛罌粟が美しく咲いているよ（美人がいるよ）」といった意味合いになります。

掛詞のように、作者はほんとうに美人草と美人の両方に出会ったのでしょうか。事実かどうかは置いておいて、遊び心のあるちょっと艶っぽい一句ですね。

梅雨(つゆ)明けの裏富士のこの男貌(おとこがお)　雨宮きぬよ（一九三八―）

じめじめとした梅雨の時季が続くと、梅雨明けが待ち遠しいものですね。「入梅」も「梅雨」も「梅雨明け」もすべて夏の季語になっています。

梅雨明けが宣言されると、にわかに夏を強く感じるようになりますが、富士山もまた夏の色合いが濃厚になるようです。

この句は、梅雨明けした山梨県側から見た富士山である「裏富士」を描いていますが、その様子を「この男貌」と表現しています。

社寺の参道などでは、緩やかな坂を女坂、急な坂を男坂といったりしますね。この句では裏富士を「男貌」と男性の容貌に見立てています。

そこで仮に「男貌」を「女貌」と置き換えてみると、どうでしょうか？

それだとこの句の場合、どうもしっくりこない感じがしますよね。「男貌」には梅雨明けした後の裏富士の相貌が託されているように思います。

また、裏富士ですから、富士五湖の水面に富士山が映っている様子も想像できます。梅雨明けした富士山の「男貌」が、その水鏡にきらきら映えている風光を思うと、より山容の色男っぷりが美しく目に浮かんでくるようですね。

人と富士

汽車の窓に鮓（すし）買ふ駅や富士見えて　高浜虚子（きょし）（一八七四―一九五九）

この句は汽車に乗ったまま、車窓を開けて駅弁の鮓を買っている光景でしょう。その駅弁を買うときに、富士山が見えたのです。

まだ汽車の走っていた時代ですから、どこかのんびりとした雰囲気が漂っていますね。富士山が見える駅はたくさんあるでしょうが、たとえば東海道線か御殿場線あたりでしょうか。車窓から売り子を呼び止め、「その鮓とお茶も一つください」といった会話を交わす向こうに、富士山が聳えているのです。意識して待ちかまえて見るのもいいですが、この句のようにさりげなく見える富士山もいいものですね。

「鮓」は年中食べますが、夏季の魚の保存法として発達したので夏の季語となっています。また、防腐剤の役割を果たす酢の香りが、夏場の食欲不振を解消するという意味合いもあって、夏の季語に分類されているようです。

私の故郷の和歌山でも早鮓や鮎（あゆ）鮓、秋刀魚（さんま）鮓、秋刀魚の馴（なれ）鮓などを食べます。馴鮓は古くから食されており、滋賀名産の鮒鮓をはじめ、鯖や鮎などの馴鮓は、その腹を裂いて飯を詰めると、発酵するまで数日置いて風味を際立たせるという食べ方をします。

この句の作者は鮓を買い求めてからも、しばらくは車窓を流れる富士山を眺めながら、それを味わったことでしょう。同じ作者の富士の句では、

初富士や草庵を出て十歩なる　虚子

のほうが知られていますが、旅心の弾んだ動的なこの汽車の句に、私はより惹かれます。

見えねども富士へ向けたる避暑の椅子　森田峠（一九二四―二〇一三）

温暖化もあってか、一昔よりも都会の真夏の暑さは甚だしい限りです。そんな猛暑を避けて海岸や涼しい高原や山地に滞在する「避暑」も季語になっています。その他に「避暑地」「避暑の宿」などの季語の使い方をします。

この句の富士山は、晴れているときにはその姿を見ることができるのでしょう。しかし、詠まれた風景は、姿を隠した富士山です。今、富士山は見えないけれども、避

暑地に置かれた椅子はその山容の方へきっちりと向いているのです。

この見えない富士山に椅子を向けているところに、避暑を楽しむ人のゆったりとした心の余裕を感じますね。そのうち、雲が切れて晴れてきたら富士山も見えるだろうという穏やかな心持ちが読み手にも伝わってきます。

また、目には見えないけれども確かに富士山が聳えている方へ椅子を向けることで、見えない富士山をも心に思い描いて楽しんでいるような雰囲気も醸し出されていますね。いずれにしろ、見えても見えなくても、富士は富士であるという存在の偉大さを感じさせます。

この句の避暑地は山中湖か河口湖辺りでしょうか。どちらも水辺のある標高の高い土地なので、富士山を眺める避暑地としてはうってつけかもしれませんね。


富士山の端から端へハンモック　須藤常央（つねお）（一九五六―）

俳句を読み慣れていない人は一読して「富士山の端から端へハンモックを吊（つる）すってどういうことですか？　ギネスブックに載るようなでっかいハンモックのこと？」と疑問に思うかもしれません。

この句はそんな巨大なハンモックのことを詠んでいるのではなく、俳句独特の遠近法を活かした一句なのです。

まず富士山とこのハンモックは、一定の距離があります。その距離は遠すぎるでもなく、近すぎるでもなくほど良い感じで山容を眺められる間隔でしょう。

二本の樹木を支柱として木陰に作られたハンモックは、「八」の字の富士山の端から端へと吊されているように遠近の加減で見えるのです。

またこの句は、富士山の「ふ」、リフレインされた端の「は」、ハンモックの「は」と、は行の柔らかい韻が踏まれています。まるで、ハンモックがは行の音で包まれているように穏やかな空気が流れていますね。動詞がこの句には一つも使われていないことも、穏やかさや静けさを湛えている要因かもしれません。

夏の季語である「ハンモック」を吊すときの様子を写生している一句にも見えますし、富士山を眺める人がゆったりと寝転がっているハンモックにも見えますね。どの風景であると特に限定しなくとも、読み手が見える風景を想像して鑑賞すればよいでしょう。

遠近法をうまく取り入れた、ウイットに富んだ詠み方であり、富士の山容が綺麗に立ち上がってくる一句です。

富士仰ぐことが憩ひの田植女（たうえめ）よ　本宮鼎三（ていぞう）

富士山ほど、いろんな人たちにいろんな思いで仰がれる山はそうそうないでしょう。どんな人の思いも静かに懐深く受け止め、時には何か語りかけてくれさえするのが富士山です。

この句には、田植えをする女性の憩いのひとときとして仰がれる富士山が描かれています。

「田植」は夏の季語ですが、現代では機械化が進んで人力で植える光景はなかなか見ることができなくなりました。例外的に田植え機を入れることが難しい田の隅のほうや山間の狭い田などで、人が手で植えるくらいでしょう。

田植えは古来行われている農事なので、田で働く男を「立人（たちうど）」といったり、田植えを仕切る人を「田主（たあるじ）」「太郎次（たろうじ）」というなど、古い言葉も残っています。しかし、今では季語としてもほとんど使われなくなりました。時代が移り変わっていくなかで、このような言葉も大切にしていきたいものですね。

また、「早乙女（さおとめ）」「植女（うえめ）」「五月女（さつきめ）」という季語も、田植えをする女性のことなので覚えておきましょう。

足元を土中に取られ、腰を屈(かが)めて行う田植えは重労働です。作業の途中にその腰をしばし伸ばすとき、富士山を仰ぐと、その間だけでも晴れ晴れとした気分を取り戻せるのでしょう。一服の清涼剤として富士山を仰いでいるのです。

この句は「田植女よ」と客観的に「よ」という詠嘆を置いているので、そんな田植えをする女性を見て詠んだ一句といえるでしょう。「田植女」とともに、作者も富士山を仰いでいるのです。

夕風や牡丹(ぼたん)崩れて不二見ゆる　田川鳳朗(ほうろう)（一七六二―一八四五）

中国原産の「牡丹」は、平安時代にはすでに日本へ渡来していたといわれています。大輪の花を咲かせ、色も白、紅、真紅、黄、絞りなどさまざまで、花の王といわれる気品と絢爛(けんらん)さとを持ち合わせています。落花の際も独特の風情があり、その大輪のためか、俳句では「崩れる」という形容をされることがしばしばあります。

白牡丹ある夜の月に崩れけり　正岡子規
火の奥に牡丹崩るるさまを見つ　加藤楸邨
牡丹七日いまだ全容くづさざる　細見綾子

三句目の「くづさざる」は、やがて崩れてゆくであろう牡丹の様子を前提にして、危ういその咲きぶりを詠んでいます。

さて、「夕風や」の句ですが、「や」の切字を置いて最初に夕方に吹く風を強調しています。その後、「牡丹崩れて不二見ゆる」と続きますが、その風を受けて、まず牡丹の花のかたちが崩れて散っていったのです。すでに花期も終わりかけていたところへ、夕風が落花を促すように吹き抜けていったのでしょう。

牡丹が咲き誇っているときは、遠くの富士山とちょうど重なり、その山容を隠していたのです。しかし、牡丹が崩れてしまうと、たちまち富士山が悠然と現れ、視界に変化が生まれたのです。

まるでマジックのように牡丹の花びらが消えたかと思うと、遠くに聳える富士山へと視野が広がる感じが面白いですね。しかし、風景としては日暮れの牡丹の終わりと、もうすぐ闇に溶けてゆく富士山が描かれており寂しさが漂っています。

簾(すだれ)まく童子(どうじ)美くし月と不二　大島蓼太(りょうた)（一七一八―一七八七）

この句に漂う情緒を味わっていると、幕末から明治前期にかけて活躍した、「最後の浮世絵師」と呼ばれる月岡芳年が描きそうな光景だなとふと思いました。

実際、芳年には『月百姿』という月をモチーフにした作品集があり、月と富士を描いたものも存在します。

「きよみかた空にも関のあるならば月をとゞめて三保の松原」の一首を添えて富士山に月を配し、その山容を見つめる武田信玄を描いた一枚です。きよみかた（＝清見潟）とは歌枕であり、現在の静岡県静岡市清水区興津にあった海岸のことです。その南方には三保の松原を望むことができます。

残酷な作風の「無惨絵」でも知られる芳年ですが、もしこの句を芳年が描くならば、精緻かつ耽美的なタッチで童子を描き、幻想的な月夜の富士山を生み出すかもしれないなどと、つい想像の翼が広がります。

この句には夏の季語「簾」と秋の季語「月」が入っていますが、メインの季語は「簾」です。ほとんど夏にしか使わない簾がこの句の季節を表しているからです。簾は日差しを遮って風通しをよくする調度品です。青竹で編んだ青簾や蘆の茎で編んだ葭簾などがあり、それらには日本の夏の良き風情が感じられますね。

この句の「童子」は普通に「子ども」と解釈しても構いません。しかし、童子には寺に入ってまだ剃髪得度していない少年、また菩薩の異称の意味もあります。

たとえば、寺に入った少年と考えると、この句から読み取れる物語はさらに広がりますね。寺院の一部屋という具体的な風景が浮かび、月と富士山の情緒も増していっそう美しい一句となります。

つまり、どのような部屋でどんな童子が簾を巻いているかで、この句はいかようにも変化して多様な鑑賞を楽しむことができるのです。

それほどこの句には、妖（あや）しいまでの月光を纏（まと）った童子と富士山が魅力的に描かれています。

果は我（わが）枕なるべし夏の富士　陶官鼠（すえかんそ）（一七三三―一八〇三）

江戸時代に生きた作者は伊豆出身で、いつも身近に富士山を眺められる環境に暮らしました。

この句は、その生まれた環境があってこそ詠まれた「辞世の句」といえるでしょう。「辞世の句」とは、この世に別れを告げる際に残す詩歌のことです。いわば死を眼前にしたときの最後の一句であり、作り手の人生を凝縮した、己の核心がにじみ出るような作品になりえるものです。

「果は我枕なるべし」とは、「私が生を全うしたその果てにはきっと枕になるだろう」

という意味になります。助動詞「べし」は、この句では作者の意志が強く表れた推量の意味に働きます。すでに作者は死を意識しているのです。その後、「夏の富士」と続きますが、この下五の転換が見事というしかありません。

上五、中七で「何が枕になるのだろう？」「どんな枕なのだろう？」と読み手を少し焦らせておいてから、「夏の富士」とドンッと、枕にしては馬鹿でかいものを最後に持ってこられると意表を突かれますよね。「自分の死んだ後の枕は夏の富士山であろう」という宣言はスケールが大きくて、「辞世の句」としては明るい晴れやかささえ感じられます。

作者はそれだけ故郷の山である富士山を心から愛していたのでしょう。また、病を得た身で眺める富士山は、己の守り神のような泰然とした姿に思えたことでしょう。

ちなみにこの句は、沼津市浜道の狩野川近くにある東方寺の墓石に彫られています。

富士登山

山開きたる雲中にこころざす　上田五千石(ごせんごく)（一九三三—一九九七）

自著『決定版　俳句に大事な五つのこと』の「自作を語る」の章において、作者はこの句に関してこのように述べています。

「山麓(さんろく)に永らく住んでいながら富士山の「山開き」に参じたことがないのはいけない、と発心して、この年から毎年七月一日浅間大社でその神事を拝し、身の祓(はら)いを受けて一番バスで登山することに決めたのです」

この句は一九七四年（昭和四十九年）作ですから、その年から作者は「心洗い登山」と称して、富士への登山を開始したのです。

夏の季語「山開き」は、登山シーズンの初めに各山で行われる儀式であり、その日に登山が解禁されます。山の神に山の安全を祈る行事は、各山によって日にちが異なり、富士山は山梨県側（吉田口）七月一日、静岡県側（富士宮口・須走(すばしり)口）七月十日、北アルプスは六月の第一日曜日とさまざまです。

作者の富士登山はしばらく単独だったものの、そのうち仲間も増えて大所帯になると、登山バス二、三台を用意するほどになったそうです。

そうしてこの句の自解は、このように締めくくられます。

「『山開き』はまだ梅雨の中ですから、御神体の富士山は多く『雲中』に隠れています。しかし登拝者はその見えざる高みを『こころざ』して登って行くのです。三七七六メートルの頂は『雲中』の中にしかと見定められていると言ってもいいでしょう」

この自解を読んでもわかるように、梅雨の時季に山開きされる雲の多い富士山を懸命に登る行為に、清澄な志が宿っているといえるでしょう。曇った富士山に対して、澄み渡る志をもって挑む登山には、どこか敬虔(けいけん)な直向(ひたむ)きさを感じます。

富士火口肉がめくれて八蓮華(れんげ)　山口誓子(せいし)（一九〇一―一九九四）

富士登頂を何度か達成している作者は、富士山を詠んだ俳句を数多く残しています。この句もそのなかの一句であり、季語のない無季の作品です。しかし、富士山の開山期間は各登山ルートによって異なりますが、七月から九月中ごろくらいまでなので、その折に詠んだ俳句と考えると季節は夏か秋として差し支えないでしょう。

さて、この句のキーワードは「八蓮華」です。八蓮華がどんなものかわかれば、一句の風景がいっそう見えてきます。

富士山の頂には、「八神峰」と呼ばれる八つの峰があります。極楽浄土のものとされる八枚の花弁のある蓮の花という意味の「八葉蓮華」に由来して「八葉」とも呼ばれ、剣ヶ峰、白山岳、久須志岳、大日岳、伊豆岳、成就岳、駒ヶ岳、三島岳とそれぞれ命名されています。なかでも、剣ヶ峰は日本最高峰として知られていますね。

この句は、かつての噴火口である八神峰を「肉がめくれて」と巨大な生き物の傷跡のように描いています。今にも血のような溶岩が流れてきそうな臨場感ある描写がダイナミックかつ肉感的です。また、飛行機の窓から見下ろしているような視点で詠まれていることも、この句の大きさにつながっているのです。

作者はこの句の他にも、

　富士山頂吾が手の甲に蠅とまる

など、八蓮華の句とは違う視点で富士山を詠んでいます。

普段の暮らしで蠅は何でもない生き物ですが、富士山の頂で遭遇する夏の季語である蠅には、同じ山頂にいるというシンパシーが生まれるのでしょう。手に止まった蠅に親しみや慈しみを感じているようです。

この二句をみてもわかるように、頂で詠まれた富士山の句でも視点が変わると、その光景もずいぶん趣が違ってくるものですね。

富士講の先達霧にまぎれざる　里川水章（一九二七―）

「富士講」とは、富士山信仰の同行者で組織する団体のことです。富士山に実際に登って苦行する富士講は、江戸時代に大いに盛んになりました。

江戸時代の富士講の開祖は長谷川角行であり、その角行から六代目の信者である食行身禄が現在まで続く富士講の礎を築いたとされています。

この富士信仰は江戸の商人を中心にして広まりました。富士山七合目の烏帽子岩で断食をして身禄が入定（＝自死）したあと、弟子たちが布教活動に奮闘した結果、「江戸八百八講、講中八万人」といわれるほど大流行することになります。

それだけ身禄という人物の持つカリスマ性と教えに魅力があったということでしょう。

さて、この句は富士講の先達（＝先導者）が、信徒を引き連れて富士山に登っている光景を描いています。信徒は白装束を身につけて鈴を振りながら先達のあとに従い、「六根清浄、お山は晴天」と唱えて登ってゆくのです。その途中、霧が出て視界を悪くさせたのですが、先達の姿はそれに紛れることなく、富士山頂へと進んでいったというのです。この一団は、山頂の富士山本宮浅間大社奥宮に参詣することが目的なのですが、「まぎれざる」に、先達の持つ霊力のようなものを感じますね。また、信仰に対する直向きさがこの句には表れているといえるでしょう。

この句には、夏の季語「富士講」と秋の季語「霧」の二つが入っています。富士山であれば夏でも天候の変化で霧が発生することもあるでしょうから、夏の句と考えていいでしょう。

霧にも紛れないこの句の先達は頼もしく、身禄が身を挺して残した富士講の教えがしっかりと受け継がれていることも伝わってきますね。

富士二合目哀夜の蟇の歩みをり　貫名ときよ（一九二二―二〇〇七）

深田久弥の『日本百名山』は山岳紀行の名著として知られていますが、書中にはもちろん富士山も採り上げられています。ほとんどベタ褒めに近い内容で、「国民的な山」として「最も美しいもの、最も気高いもの、最も神聖なものの普遍的な典型として、いつも挙げられるのは不二の高根であった」と述べています。

富士登山に関しては、「老いも若きも、男も女も、あらゆる階級、あらゆる職業の人々が、「一度は富士登山を」と志す。これほど民衆的な山も稀である」と記されています。

この句を読むと、富士登山をするのは人間だけじゃないみたいですね、とついいらぬことを深田さんに言いたくなりますね。

この句の季語は「蟇」で夏。ここでは「ひき」と読みますが、通常「ひきがえる」「がまがえる」と呼ばれる大型の蛙のことです。のそのそと太った体を動かして歩く姿は不気味でいて、どこかユーモラスな雰囲気も漂っています。

この句は、富士二合目の哀しい夜をひきがえるがゆっくりゆっくり歩いているのです。

富士山は十合目の三七七六メートルが頂上であり、二合目は一五九六メートルの地点です。まだまだ頂にはほど遠い位置といえるでしょう。

ひきがえるは頂上まで登るつもりはないのでしょうが、「富士二合目」と上五でいわれると、ひきがえるはそのスローペースのまま、まだ上を目指すのではないかと思えてくるから不思議です。

しかし、現実的に考えると、ひきがえるは二合目でその命を全うするのでしょう。そう思うと、この「哀夜」という言葉がよけいに胸に沁みてきますね。

二合目という微妙な高さと、ひきがえるの哀愁ある歩みとが、なんともいえず響き合っている一句です。

秋

秋空と富士

によっぽりと秋の空なる不尽（ふじ）の山　上島鬼貫（うえしまおにつら）（一六六一—一七三八）

江戸時代の俳人・鬼貫が作ったこの句には、ちょっとしたエピソードがあります。鬼貫とよく気が合ったといわれる四歳年下の古沢鸞動（らんどう）という同じ大坂は伊丹（いたみ）出身の俳人がいました。その鸞動が鬼貫にあるお願いをするのです。

それは鬼貫が江戸に行く際に、ぜひ富士山をよく見てきてどんな山だったのか教えてほしいという依頼でした。鸞動は噂（うわさ）に聞く富士山の姿をもっと知りたかったのです。しかし、鬼貫のその報告を聞くことなく、鸞動は二十二歳の若さで亡くなってしまいます。

鬼貫にとってはたいへんショックなことだったでしょう。鬼貫は句集『大悟物狂（たいごものぐるい）』の巻頭で、この句と富士山を実際に見たときの印象を述べた一文を記しています。本来なら、鸞動に読んでもらいたかったものであり、鬼貫は鸞動の喜ぶ顔を見たかったに違いありません。この句に関する感想も聞いてみたかったことでしょう。

そんなエピソードを頭に入れてこの句を読んでみると、上五の「にょつぽりと」という擬態語が滑稽（こっけい）な響きがあるだけにかえって、やるせない気配を感じますね。

季語は「秋の空」。「空高し」「天高し」という季語もあるように、この句でも、秋の高く澄んだ空が想像できます。まるで富士山の向こうの空に、蠢動の魂が眠っているようにも見えてきますね。

「にょつぽりと」聳（そび）える富士山は、春の空でも夏の空でも冬の空でもなく、やはり高々と切なく広がる秋の空が一番相応（ふさわ）しいといえるでしょう。

冬瓜（とうがん）の尻（しり）を叩（たた）けば富士晴るる　藤本美和子（一九五〇―）

熱帯アジア原産の冬瓜は、中国から古くに渡来しました。「冬瓜」と書くので字づらから冬の季語と勘違いしそうですが、収穫されるのが秋季なので秋の季語となっています。ただし、冬に苗を植えて翌冬に収穫することもあるそうです。

冬瓜は貯蔵性に優れており、秋に収穫して冬まで、またそれ以上に長期保存が可能とされています。

大味といふ大きさの冬瓜かな　手塚基子（もとこ）

という句もあるように、大味で淡泊ともいえる冬瓜ですが、料理の仕方によっては非常に上品な味わいが生まれます。その白い果実を煮物にしたり、汁物にしたりという食べ方が一般的ですね。ちなみに、この句の「冬瓜かな」の冬瓜は、「とうが」と読みます。また、毛が多い瓜という意味で「かもうり」とも呼ばれます。

さて、採り上げた句の「冬瓜の尻を叩けば」という表現が、とても楽しげですね。冬瓜は外皮が堅く、そのうえ果肉がしっかり詰まった大きなものになると、手で叩（たた）くとなかなかいい音が鳴ります。「冬瓜の尻」と擬人化したことで、叩くという行為にいっそうユーモアが生まれました。

この句では、雲のなかに姿を隠していた富士山が、太鼓のように打って鳴らした冬瓜の音色によって、晴れて姿を現した様子が描かれています。

実際にはそのような明確な因果関係はないのですが、このように俳句にされると、冬瓜を叩く音が富士山を呼び出したように見えてきますね。

秋晴れの下、冬瓜を叩く響きも富士山の姿も澄み渡って、聴覚も視覚も気持ちよくなる一句です。

秋燕(しゅうえん)の富士の高さを越えにけり　稲畑汀子(ていこ)（一九三一―二〇二二）

「燕(つばめ)」といえば春の季語であり、渡来して人家の軒先などに巣を作る光景をよく見かけますね。夏になると、「夏燕」という季語になって巣立った子燕と親鳥が青田の上を飛ぶ姿が印象的です。秋になると、この句にある「秋燕」となって、九月ごろには海を渡って南方へ帰ってゆくのです。

「俳句歳時記」では「燕帰る」で立項されていることが多く、その他に「帰燕」「去(い)ぬ燕」などの呼び方をします。歳時記で調べてみると、この句のように秋燕の飛ぶ高さを詠(よ)んだ俳句がいくつか見受けられました。

　ある朝の帰燕高きを淋しめり　鈴木真砂女(まさじょ)
　燈台の高さを飛んで秋燕　細見綾子
　峡の空秋燕高くひるがへる　岡本松濱(しょうひん)

一句目の下五に「淋しめり」という言葉がありますが、三句とも詠まれた場面は違えど、日本を離れて南へと去ってゆく秋燕を見つめる人の物淋(さび)しさが漂っていますね。この物淋しさは、たとえ富士山の高さを越えて一見勇ましく見える秋燕にも感じられます。

富士山の辺りを飛ぶ秋燕を作者はじっと見ていたのでしょう。見ているうちに、秋燕はぐんぐんと高まり、ついに富士山の高さを越えていったのです。この句には「越えにけり」というきっぱりとした切字「けり」を響かせることで、富士山の高さに挑む秋燕の勇姿が描かれています。また同時に、秋燕の旅立ってゆく寂寥(せきりょう)感が富士山という雄大な山容を背景にして滲(にじ)んでいるのです。

この句の富士山は山梨県側から見える裏富士だとすると、富士山を越えていった秋燕は、やがて大海に向かって南を目指してゆくのでしょう。

御胎内(おたいない)くぐりて富士の天高し　堀本裕樹（一九七四―）

静岡県御殿場(ごてんば)市に富士山を見に行ったとき、思わぬ体験をしました。

御殿場市富士山交流センター、通称「富士山樹空の森」を散策したのですが、まずそこから眺める富士山の巨体に驚きました。東京から見る富士山とは体格が違いました。それから、自衛隊の演習の砲撃の音が断続的に聞こえることにも驚きました。その音が富士山の山肌にぶち当たるように響き渡っているのです。

「富士山樹空の森」の映像ブースなどで富士山のことをいろいろ学んだあと、隣接する「富士山御胎内清宏園(せいこうえん)」に足を運びました。ここは一七〇七年の富士山大噴火で埋まった溶岩地帯の上にできた森です。溶岩が作り出した奇岩「溶岩樹型」が珍しく、また印野の溶岩隧道(すいどう)「御胎内」の異容には息を呑(の)みました。

国指定の天然記念物である「御胎内」は、富士山の噴火によって生まれた洞窟(どうくつ)です。洞窟の構造を人体の内部に見立てて「御胎内」と呼ばれています。「御」と敬称を冠するのは、霊峰富士が創りたもうた溶岩洞窟だからでしょうか。また、修験道(しゅげんどう)や富士講の信仰の対象になった洞窟でもあるからでしょう。

実際、ライト付きのヘルメットを被(かぶ)り「御胎内」に潜ったのですが、その狭いこと。内部は父の胎内と母の胎内に分かれ、その内臓のなかを行くようでなかなか薄気味悪かったです。しかし、ここを潜(くぐ)り抜けることが精神的な再生につながるように思えて暗闇をひたすら進みました。

この句は、そんな「御胎内」の細道を潜り抜けて、地上に出てきたときに浮かんだ句です。太陽の光がこんなに有り難いものかと、富士山を仰ぎました。富士山のその向こうの空まで、高々と感じられました。秋の季語「天高し」は、秋の澄んだ大気によって、晴れ渡る空が高く感じられることです。

富士山麓(さんろく)には、数多くの風穴が存在しますが、そこへ潜ってみると、富士の胎内に入ったようで太古の闇に触れるような神秘を体感できます。

懐かしき山容

蜻蛉(とんぼ)釣り富士の裾野(すその)の夕日哉　　角田竹冷(かくたちくれい)（一八五七―一九一九）

子どものころ、よく捕虫網を使って塩辛蜻蛉や鬼やんまを捕まえました。網に入った瞬間のかさかさという網と蜻蛉の羽とが触れ合う音に興奮し、網から慎重に取り出すと、羽をつまんでしげしげとその美しい姿態を眺めたものです。

「蜻蛉」は秋の季語ですが、それを捕まえる「蜻蛉釣り」も同じく季語になっています。

この句は夕日を浴びながら、富士山の裾野で蜻蛉釣りをしているのです。

蜻蛉の採集方法は網で捕まえたり、雌の蜻蛉をおとりにして雄の蜻蛉を誘って捕ったり、粘着性のとりもちを竿(さお)につけて捕ったりといろいろあります。それらの蜻蛉を捕まえることを総称して蜻蛉釣りといいます。

この句はどんな方法で蜻蛉を捕っていたのでしょうか。

たとえば、右に挙げた他にも、大型の銀やんまなどを捕る方法があります。長さ八〇センチから一二〇センチの糸の両端に小石をつけて、空に舞っている蜻蛉の前に投げ上げると、小石を餌の虫だと勘違いした蜻蛉がそれに飛びつきます。その糸に絡まった蜻蛉が、そのまま地面に落ちたところを捕まえるという蜻蛉釣りもあるようです。

その方法は江戸時代末期から昭和三十年代ごろまでよく見られたそうです。作者は江戸末期に生まれて明治に活躍した俳人ですから、今ではレトロなその蜻蛉釣りが、当時は一般的だったのでしょう。そうすると、夕日に映えた富士の裾野の光景も、いっそう古めかしい雰囲気になりますね。

作者本人が蜻蛉釣りを行った句とも解釈できますが、子どもたちがやっている風景を見て作った郷愁の一句かもしれません。

仰ぐとは胸ひらくこと秋の富士　岡本眸(ひとみ)（一九二八―二〇一八）

秋になって大気が澄みきることを「秋澄む」といって季語になっていますが、この句の秋の富士山も冴(さ)え渡る大気のなかに聳えています。

そんな清澄な富士山を仰ぐ行為は、とても気持ちのよいことでしょう。しかし俳句において、ストレートに「気持ちのよい」と感情をそのまま表現してしまっては深みがなくなります。

この句はまず富士山を「仰ぐとは」、いったいどんな行為なのだろうと自問するかのように詠みはじめます。そして、「胸ひらくこと」ときっぱりと自ら解答を見つけだすのです。

たしかに、秋の澄んだ富士山を仰ぐと、閉じていた思いを解放するような晴れ晴れとした心持ちになりますね。そもそも「仰ぐ」という行為そのものに、胸のなかにあるものを解き放つ気分が含まれているのでしょう。

生きて仰ぐ空の高さよ赤蜻蛉　　夏目漱石
天を仰げば身の錆おつる秋なりけり　　高柳重信

どちらも秋の句で「仰ぐ」行為を詠んだものです。秋になると人間の心は、遥かなものを求める傾向にあるのでしょうか。この二句にも、空に向かって精神的な束縛を解き放つような、どこか自分の生き方を確かめるような気持ちが含まれています。

晴れやかな気持ちになりたいとき、また悩みを打ち捨てたいときなどは、富士山を見上げるといいかもしれませんね。富士山はきっと、どんな心の声も聴いてくれることでしょう。

秋富士は朝父夕母の如し　中村草田男（一九〇一－一九八三）

富士山は標高が高いため、初冠雪が早く訪れて初秋のころには頂に雪を置きます。その後は頂上からだんだん山肌を下って雪に覆われてゆき、姿を変えてゆくのです。

この句はそんな秋の富士山を朝に夕に眺めて、その山容を両親にたとえています。秋の富士山は朝に見ると父のようだなあ、夕に見ると母のようだなあとその面影を山容に重ねて見つめているのです。朝の秋富士は、空気も澄んでいるために凜として張りつめた様子で聳えており、そこに父の威厳を見ているのでしょう。夕の秋富士は、どこか寂しさも漂う空気のなかで包み込むような優しい様子で佇んでおり、そこに母の温和を見ているのでしょう。

富士山はよく擬人化されますが、この句のように時には父になってくれたり、時には母になってくれたりするのですね。

赤富士は父雲たち子等のごとまつはり　富安風生

という句もありますが、この句は夏の早朝の日に赤く染まる赤富士を父に見立てると同時に、その周りに漂う雲を子どもたちと見ています。赤富士のお父さんを慕うように子らがまつわりついているのです。

富士山の大きさはその姿だけでなく、誰の父にも母にも成り代わってくれる偉大な寛容さにあるのではないだろうかと、この二句を読んで感じました。
まさしく日本人の父であり母である富士山といっていいでしょう。

木々と秋草

朴よりも樺の明るし山洗ひ　茂恵一郎（一九三一—二〇一一）

この句の「山洗ひ」の山は、富士山のことです。文字通り富士山を洗うという意味で、特に富士閉山のころに降る雨のことをいいます。

山開きされると、数多くの登山者が訪れて山が汚れます。霊峰である富士山は不浄を忌むこともあり、登山によって汚れた山肌を洗い浄めるという意味で、「富士の山洗ひ」は秋の季語になっています。俳句ではこの句のように「山洗ひ」、また「御山洗」という「富士の」を省略した使い方が多く見られます。

続いて、「朴よりも樺の明るし」を読み解いていきましょう。

まず「朴」ですが、朴と聞いて香りの強い大輪の花を思い浮かべる人もいるでしょうし、あの大きな葉を想像する人もいるでしょう。食いしん坊の人は朴葉味噌、朴葉飯なんかも連想するかもしれませんね。朴は高さ一五メートルから二五メートルにもなる落葉高木で山地に自生します。

次に「樺」ですが、一般的に「白樺」という名称で知られています。白樺も落葉高木で、高さ二〇メートルから三〇メートルになるといわれています。白樺は、高原に生える爽やかな木の代名詞ですね。明るい場所を好み生長の早い木ともいわれています。

この句は、富士の山洗ひが降るなか、朴よりも白樺のほうが明るく感じられるというのです。

明るい場所を好むという白樺の性質だけで作った句ではなく、実際に作者の眼に映った朴と白樺を比べて、明るさの違いを感じたのでしょう。そして雨に濡れることで、いっそうその木の持つ明度の違いを感じ取ったともいえますね。

「富士の山洗ひ」のころは、まだ朴も白樺も落葉していない状態でしょう。なので、その葉の大きさや形なども、その木の明るさに影響を与えているといえます。

この句は雨中の朴と白樺を比較してつぶさに見ることで、季語「山洗ひ」を繊細に捉えた一句です。

一望に海と富士ある野菊かな　大久保白村（一九三〇―）

この句は説明せずとも、非常に見晴らしのいい明るい風景が詠まれていることがわかります。

「爽やか」は日常的に使う言葉ですが、大気が澄み渡った晴れやかな意味合いで、実は秋の季語になっています。この句はまさに、「爽やか」の季語をも感じさせる清澄な空気が流れていますね。

季語は「野菊」で秋。歳時記ではもちろん植物の項目に載っていますが、「菊」とは別立てになっています。

単に「菊」というと、菊花展などで展示されるような仕立てたもの、園芸種を指します。古くは中国から奈良時代に渡来したとされています。大輪の一輪咲きは厚物咲きと呼ばれたり、懸崖(けんがい)づくりにされるのは可憐(かれん)な小菊ですね。

一方、この句に詠まれた「野菊」は、山野に自生するキク科の多年草のことを指します。覚えておきたいのは、野生のキク類を総称して野菊といっているのであって、野菊という特定の菊は存在しないということです。野菊を細かく見ると、白花のノジギク、淡い紫のヨメナやノコンギク、黄のアブラギク、海岸性のハマギク、イソギクなど多くの種類があります。

この句も野菊と詠んでいるだけなので、どの種のものかははっきりしません。上五の「一望に」も山の上から見ているのか、海岸から見ているのかは語られず読み手に委ねられています。

私は海岸から見た富士山だと解釈しました。海と富士山が一緒に見える風景は、静岡県側から眺める表富士ですね。海という真っ青な大きな器に富士山が堂々と据えられており、手前に海岸性の白いハマギクが咲いているのです。

読み手は、この雄大な遠近の効いた光景と、海と富士山と野菊の色彩のコントラストを心に思い描くことができます。絵画的な広がりと奥行きのある一句といえるでしょう。

この道の富士になり行く芒かな　河東碧梧桐（一八七三―一九三七）

この句を読むと、富士山へと真っ直ぐに伸びてゆく一本の道がはっきり見えてきます。その道の両側には秋の季語である「芒」が生い茂り、まるでその芒をぬうようにして進んでゆくのです。

上五の「この道の」という表現が、連体詞である「この」の働きによって、抽象的にまたは漠然と、そんな道があると提示されています。それにより、読み手はそれぞれ頭のなかに思い浮かぶ富士山へと続く道を想像すればいいのです。

中七の「富士になり行く」は、だんだん富士山に近づいてゆく様子を、まるでこの道が富士山になってゆくようだと視覚的に巧みに表現しています。「行く」と表記されることで、作者が富士山へ歩いて「行く」様子と、この道が富士山になって「ゆく」様子とが掛詞（かけことば）にされているのです。

下五の「芒かな」は、切字「かな」によって詠嘆が置かれて、最後は「芒だなあ」という風景でこの句は締められています。もし仮に、下五が富士山の景色で終わってしまうと、この句は奥行きのない行き詰まった感じになったでしょう。しかし、「芒かな」と柔らかい響きでいて省略の効いた「かな」の切字によって、まだまだこの先が続いているような芒原の広がりを、読み手に想像させてくれるのです。

この句は一見単純なように見えますが、各所に俳句の技巧が精妙に活（い）かされています。

花芒分け入る奥や霧の不二（ふじ）　夏目成美（せいび）（一七四九—一八一六）

穂の出た芒を「花芒」といい、芒の傍題として季語となっています。その長い穂は、獣の尾に似ていることから「尾花」ともいわれます。秋の七草の一つでも知られていますね。

芒というと細長い一本の様子が思い浮かびますが、「花芒」「尾花」というと、ふわふわとした穂が特にクローズアップされて見えてきます。

この句は、芒の穂を分け入って奥へと足を運んでいます。「奥や」と切字「や」を置いて詠嘆しているので、かなり花芒をかき分けて進んできたのでしょう。

そして下五には到達点が示されているわけですが、それが「霧の不二」だったのです。

「霧」も秋の季語なので、この句は季重なりですが、作者は当然承知のうえで使用しています。季語として「花芒」は前振りのような使い方をされているといっていいでしょう。最後に視界を覆ってしまう「霧」のほうに季語の重点が置かれています。

同じ芒と富士を詠んだ河東碧梧桐の「この道の富士になり行く芒かな」の句と比べるとどうでしょうか？

この道の句は、どこか余裕が感じられる雰囲気がありますね。しかも富士山は、霧にも雲にも隠れることなく姿を現しています。

花芒の句は、道なき道を進んでいるようですね。芒原をどんどん奥へと歩いてゆく光景が見えてきます。「分け入る」という半ば強引に進む行動によって、富士山を見たいという強い気持ちが伝わってきます。

しかし富士山が見える地点にたどり着いてみると、霧に覆われてはっきりその姿が見えなかったのです。山容がどれくらい見えたかは、霧の濃さにもよるでしょう。「霧の不二」といわれると、輪郭のぼやけた富士山の面影がなんとなく浮かんでいるようです。

花芒の白い群れと霧に覆われた富士山とが合わさった風景は、どこか夢のなかの幻の景色を思わせますね。

夜の富士

星月夜われらは富士の蚤しらみ　平畑静塔（一九〇五―一九九七）

この句を読んだときに思い浮かんだのが、

蚤虱馬の尿する枕もと　松尾芭蕉

という『おくのほそ道』で詠まれた句でした。

芭蕉の句は上五に「蚤虱」とあるのに対して、この句には下五に「蚤しらみ」とありますね。その同じ言葉を使っていることもあり、二句が頭のなかで重なったのですが、季語の働き方が少々違います。

芭蕉の句は「蚤」が夏の季語として働いています。出羽の国を目指す途中の鄙びた宿で、蚤や虱に責められて寝つけない。おまけに馬の小便の音まで聞こえてくる有り様だという句意です。

一方、「富士の蚤しらみ」は、ほんとうの蚤や虱ではありません。「われらは」と書かれているように、これは富士山を登る人間のことをたとえて表現しているのです。

なので、この句の季語は秋の季語である「星月夜」になります。

このように「蚤しらみ」と同じ言葉が使われていても、一句のなかでどのように詠まれているかで、その言葉の効果や働きが違ってくるのです。

さて、「星月夜」とは美しい季語ですが、満天に輝く星が月夜のように明るいことをいいます。

この句はそんな無数の星の光の下、富士山を登っているのです。そして、まるで夜空から登山する人たちを見下ろすように、「蚤しらみ」と表現しています。その発想と視点がとてもユニークですね。「われらは」と詠んでいますから、大きな富士の山肌にへばりついて登る自分もまた、蚤か虱みたいなものだと皮肉っているのです。「蚤しらみ」と人間を卑小な生き物にたとえることで、いっそう富士山の威容が立ち上がってきます。

陸続と富士登る灯は銀河とあふ　高嶋茂（一九二〇―一九九九）

この句の季語は「銀河」で秋。歳時記では「天の川」で立項されています。無数の恒星の集まりである天の川は、銀河の他にも「銀漢」「星河」「天漢」「雲漢」「銀湾」

などと呼ばれます。

この句は「富士登る」とあるように、富士登山を詠んでいます。しかし、太陽の出ている時間帯の山登りではなく、夜中に灯(あか)りを点(とも)して登っているのです。上五の「陸続と」は、ひっきりなしに続く様子ですから、たくさんの人たちが夜の富士の山肌を踏みしめて登っているのでしょう。その人たちが所持する灯りが、「銀河とあふ」というのです。

富士山を登るにつれて標高が上がってゆくと、当然夜空へ近づいていきます。秋の夜の大気は澄み渡り、銀河も目にはっきりと見えるようになるのです。この句の感動的なのは、登山者が所持した灯りが、まるで銀河の星々と待ち合わせしているように出会う場面を切り取ったところです。

たとえ標高の高い富士山に登ったところで、登山者と銀河との距離は、まだまだ果てしなく開いています。しかし、それでもお互いの光同士が照らし合うような、不思議なコンタクトが交わされている様子にもこの句は見えるのです。

天の川は七夕伝説と結びつき、万葉のころから詩歌に詠まれてきましたが、この句の登山者の灯りと銀河との出会いは、牽牛(けんぎゅう)星と織女星との年に一度の逢瀬(おうせ)にも重ねられた趣が感じられます。

火祭の火の粉に富士の月ゆらぐ　山田春生（はるお）（一九三二―二〇二二）

日本三大火祭の一つである「吉田の火祭」は八月二十六日、二十七日に行われる、山梨県富士吉田市の北口本宮冨士浅間（せんげん）神社と諏訪（すわ）神社の両社の秋祭です。富士の山じまいを告げるこの祭は、浅間神社の祭神・木花開耶姫（このはなさくやひめ）命が火中に皇子（みこ）を産んだという神話に基づくと伝えられています。

吉田の火祭の見物（みもの）は二十六日、直径一メートル、高さ三メートルほどの円錐（えんすい）形の松明（たいまつ）や、家ごとに井桁（いげた）に積まれた松明に一斉に点火される景観です。火の海と化した街中は、幻想的な明るさに包まれるのです。

火祭にはぐれて前もうしろも火　須賀一恵

この句を読んでも火の海となった街の様子が、よく伝わってきますね。また、季語として一句に詠むとき、「火祭」と略して使う場合がほとんどのようです。

さて、「火祭の火の粉に」の句ですが、この出だしの「火」のリフレインがリズミカルでいいですね。一句全体にも「の」という助詞が三つ重ねられており、火祭の躍動感が出ています。そして、その「火の粉」に富士山の近くの月が揺らぐというのですが、これはいったいどういうことでしょうか？

本来、月は東から西へ移動しているように見えますが、月そのものは揺らぐことはありませんよね。この句で実際揺らいでいるのは、松明の炎であり夜空に舞い上がる火の粉なのです。要するにそこを反転させて、この句は詠んでいるのです。

反転させないで詠んでみると、「火祭の火の粉ゆらぎて富士の月」となるでしょう。それでは平凡でつまらない俳句になってしまいます。

やはり「富士の月ゆらぐ」としたほうが、火の粉の揺らぎとともに、月が妖しく揺らめいているように見え、幻想的に富士の山影も引き立ってくるのです。

火祭は、富士山の噴火を鎮める祈願をこめて「火伏祭」とも呼ばれていますが、火と富士と月とを詠んだこの句は、原始的な祈りの風景ともいえるでしょう。

名月やもろこし迄もふじの影　五味可都里（一七四三―一八一七）

秋の季語「名月」は、陰暦八月十五日の月のことで、一年のなかで最も澄み渡って美しいとされています。

芒、団子、里芋、豆、柿、栗などを供えて、名月を祀って眺めることを「月見」といいますが、この風習は収穫を祈る農耕儀礼からきているといわれています。

江戸時代に詠まれたこの句はそんな中秋の名月の夜、富士山も一緒に眺めているのですが、その影がもろこし＝唐土まで伸びているというのです。唐土とは中国のことで、昔の日本ではそう呼ばれていました。

とすると「もろこし迄もふじの影」は、ほんとうかなと思いますよね。もちろん、作者は誇張して詠んでいるのです。いくら日本一の富士山だからといって名月の夜でも、さすがに中国までその影は及びません。

この句は名月の夜には中国まで富士山の影は伸びてゆくんだぞと大げさにいって、日本国と霊験あらたかな富士を讃(たた)えているのでしょう。

唐土に富士あらばけふの月も見よ　山口素堂(そどう)

この句も江戸時代のものですが、「名月や」の句と同じように唐土に対して富士山を誇る内容ですね。「けふの月」が季語で名月のことです。要約すると、「もし中国に富士山のような素晴らしい山があるならば、この名月とともに眺めてごらんなさい。中国にはどちらもないでしょうが」という句意です。

ちょっと嫌味っぽく聞こえますね。言外に中国よりも日本の風雅のほうが優れているという意味合いが含まれています。名月と富士山を一句にして、「どうだ、日本はすごいだろう」と胸を張る江戸の俳人の態度が、なんだか無邪気で微笑(ほほえ)ましく見えます。

崇高なる富士

山山を統べて富士在る良夜かな　松本たかし（一九〇六―一九五六）

作者の松本たかしは、宝生流の能役者の家に生まれました。父の松本長は名人といわれ、たかしも九歳で初舞台を踏みます。しかし、病弱のために能を断念せざるを得ませんでした。その後、高浜虚子に師事し、俳人の道を歩んでいきます。「たかし楽土」と呼ばれるくらい、安楽に満ちた美しい作品世界とされています。病を得て能を断念したにもかかわらず、たかしはそんな苦労など俳句にはおくびにも出さず、夢幻的ともいえる美を追求した俳人でした。この句も「たかし楽土」を象徴するような美しい作品です。

まずこの句の下五に置かれた「良夜」からして優美な季語です。「良夜」とは月の明らかな夜のことですが、特に中秋の名月のことをいいます。中国は北宋の詩人である蘇東坡の「後赤壁賦」に記された、「月白く風清し。此の良夜を如何せん」の言葉に拠ったもので、古来良夜は数多くの詩歌に詠まれてきました。

この句の出だしは、「山山を統べて」と詠(うた)われていますが、まさに富士山は日本一の標高と麗しい山容を誇り、周りの山々をまとめて治めている威容として屹立(きつりつ)しています。しかし、それだけの「富士在る」では、居丈高な一面が強調されるばかりですね。下五に「良夜かな」という季語が置かれることで、その威容にこの上ない美しさが加わったのです。

私は、本書の富士百句のなかで、この句が最も富士山の壮美をとらえ、その山容の華麗さを余すところなく詠ったものだと思っています。そう思えるのは、ひとえに名月という光を山肌に麗しく纏(まと)った富士山だからかもしれませんね。

雲霧の暫時百景をつくしけり　松尾芭蕉（一六四四―一六九四）

この句を読んでふと頭に浮かんだのは、富士信仰の象徴的図柄ともいえる「富士参詣曼荼羅(まんだら)図」（富士山本宮浅間大社蔵）でした。

室町時代に作られたこの曼荼羅図の下の部分には、三保の松原、駿河(するが)湾、清見寺(せいけんじ)などが描かれ、富士山本宮浅間大社、村山興法寺(こうぼうじ)と上に行くに従って、雲とも霧とも思えるものが棚引いているのです。そして、右に日輪、左に月輪を配した富士山頂の近くになると、しだいに晴れ間を見せます。頂の三つの峰には大日如来(にょらい)、阿弥陀(あみだ)如来、薬師如来がそれぞれ描かれており、その高みを目指してたくさんの白装束を着た人たちが松明をかざして登っているのです。

芭蕉のこの句にも雲や霧を棚引かせた富士山が登場します。富士の言葉は入っていませんが、その山容を詠んでいるのです。

季語は「霧」で秋。この句を要約すると、「富士山は霧や雲によって、すこしの間見ているだけでも、さまざまな景色を見せては変化してゆくのである」となるでしょうか。この句は、富士山の千変万化する美しさを賛嘆しているのです。

雲や霧が描かれている「富士参詣曼荼羅図」も百景の一つともいえますが、「雲霧」を描くことによって、富士山の崇高さと神仏や仙人がいるような神秘的な気配がいっそう増しているといえるでしょう。

この句にも、どこか人を寄せつけない富士山の気高さが表れているように思います。俳聖・芭蕉といえども富士の百景を詠み尽くすことは叶(かな)わず、雲や霧にまぎれては見え隠れする富士山を持て余しているようにも見えますね。

日本の鼻柱なり不二の山　釈岳略（一七五一ころ―一八二一）

この句は「富士山は日本の鼻柱なのである」ときっぱり言い切ったところが毅然として、凛々しい言葉の響きを湛えています。

では、「鼻柱」をどう解釈すればよいのでしょうか？

辞書で「鼻柱」を引いてみると、①「鼻の左右の孔を分ける隔壁。はなのしょうじ。」②「鼻筋。鼻梁。」③「張り合う気持。向う気。はなっぱしら。」とあります。

この句の「日本の鼻柱」を考えると、①の意味は面白いですが、ちょっと違うようですね。②の意味が最初に思い浮かぶイメージではないでしょうか。

南北に長い日本列島を顔に見立てたとき、まさに富士山はその中心的な鼻梁であると断定したのがこの一句なのです。と、同時に③の意味を重ね合わせると、もっと深く「日本の鼻柱」である富士山を感じられるでしょう。

つまり「日本の鼻柱」を、「日本人の誰にも負けないという張り合う気持」と解釈することもできるのです。その象徴が富士山であると。「鼻っ柱が強い」という言葉もありますが、日本の誇りである富士山は、威風堂々として向こう意気の強さを感じさせます。

この句は江戸時代のものですが、それから時を経て、現在、世界文化遺産に登録された富士山はますます「日本の鼻柱」といっても過言ではありません。「フジヤマ」は世界に誇れる名山なのです。

さて、もうお気づきになっているかもしれませんが、実はこの句には季語がありません。季語がない句を「無季俳句」といいます。

季語がないと俳句は駄目なんですか？　と指導をしているとたまに訊かれることがありますが、一概にそうとも言い切れません。俳句にとって季語は大切な要素ではありますが、季語がなくてもあらゆる言葉を受け止めることができる度量の大きさを十七音の器は十分に持ち合わせているのです。

冬

凍（い）てつく富士

強霜（こわじも）の富士や力を裾（すそ）までも　飯田龍太

この句の季語は「強霜」で、冬の季語「霜」の傍題になります。強霜とは深まった冬の厳しい寒さの折に降る霜のことです。そのころの霜は他にも「深霜」「大霜」などといわれます。少し変わり種ですが「青女」なるものも傍題です。どんな女性かご存知ですか？

実は人間の女性ではなく、前漢の劉安（りゅうあん）著『淮南子（えなんじ）』に出典がある、霜雪を降らせる女神の意味から転じた語なのです。

また、「初霜」というと、初冬に降るうっすらとした霜のことなのですが、このように霜の降り方にも強弱を見て取る日本人の細かな目配りには自然への深い慈しみを感じますね。

山梨出身である作者のこの句は、富士山に強く降った霜を「強霜の富士」と表現しています。その後、「や」の切字でクッションを置いて、「力を裾までも」と続けています。あまりにも強い寒気のために、富士山の裾野までも「強霜」の力が及んでいるのです。富士山に近い村や町までも、その山容と一体となって霜に包まれ凍て返っている様子が見えてきます。

この句は、山梨県内の奥様の実家を訪ねたときの作だと作者の自解にはあります。「裏木戸を開けると、右手に富士が見えた。ちょっと小首を傾けたような姿で、どっしりと据わる。眼の前を桂川の急流がきおい流れていた。その断崖に厚い霜柱の層。」、自解には「厚い霜柱の層」とあるのが面白いと思いました。

「霜柱」は「俳句歳時記」において、「霜」とは別立てで立項されています。並の俳人ならば、見たままの「霜柱」で一句を作っていたことでしょう。

しかし、作者は「厚い霜柱の層」を「強霜」と表現したのです。その柔軟な言葉の転換と季語の使い方に、俳壇に一時代を築いた作者の凄みがうかがえます。

凍屋根に丑満の富士かぶさりぬ　　大野林火（一九〇四―一九八二）

「凍屋根」とは「凍てついた屋根」のことで、厳寒のこおりついた屋根の冷たさまで伝わってくるような簡潔な表現といえるでしょう。

冬の季語である「凍つ」、（または「冱つ」）とも書きますが、厳しい寒さのために物がこおりつくことをいいます。「凍」の語は、「凍つ」「凍む」「凍る」といくつか読み方があり、俳句ではこの微妙にニュアンスの違う言葉を、その句の内容やリズムによって繊細に使い分けています。

「丑満」とは、「丑三つ時」のことであり、午前二時から二時半の真夜中をさします。

この句は、凍てついた屋根に午前二時ごろの富士山がまるで覆いかぶさるように聳え立っているよという意味になります。

草木も眠る丑三つ時に眺める富士山は、どんな表情をしているのでしょうか。富士山も深い眠りのなかにいるのでしょうか。子どもは眠ると重くなるとよく言われますが、富士山も熟睡に入ると重々しい巨大なかたまりと化すのかもしれません。特に真夜中だとその漆黒の威圧感は増しそうですね。

家々の屋根が富士山に押しつぶされそうな恐ろしさも感じられる句です。

ちなみにこの句の句碑は、一九八四（昭和五十九）年にＪＲ富士駅の陸橋上の広場に建てられました。

山毛欅（ぶな）枯れて富士より他に何もなき　岸風三樓（きしふうさんろう）（一九一〇—一九八二）

　夏の時季にウエツキブナハムシという害虫が発生して、山毛欅の葉肉だけが食べられる事態が時折あると耳に挟んだことがあります。

「ナラ枯れ」のように木そのものが枯れてしまうことはないようですが、害虫に食べ残された山毛欅の葉は茶色に変色したり、食い尽くされると葉が落ちてしまうそうです。

　では、この句はその害虫にやられて枯れているのか、というとそうではありません。季語は「枯れ」で冬の蕭条（しょうじょう）とした草木の風景をいいます。落葉高木の山毛欅は、夏場には一面眩（まぶ）しいばかりの緑の葉を湛（たた）えていますが、冬になるとその葉も色を変えて落葉してしまいます。

　そんな冬枯れの山毛欅が立ち並ぶなかに、その荒涼とした景色を突き抜けるように富士山が大きく聳えているのです。

「富士より他に何もなき」ということは、印象的に視界に入るものは、枯れた山毛欅と富士山と青空ぐらいのものでしょう。その単純な光景のなかで眺める富士山はいっそう重厚感を増したような存在となって、作者の眼に焼きついたのです。

　季節は巡り、春になり夏になると、また山毛欅は生命力を漲（みなぎ）らせて葉の輝きを取り戻します。そのときの富士山もまた頂の雪を払いのけた冬場とは異なる風貌(ふうぼう)となっているのです。

作者も心のなかで、枯れた山毛欅を見ながらも季節の循環を思い描いているのかもしれませんね。

暁の富士や寸余の霜柱　原田紫野(しの)（一九四四―）

私は大学を卒業後、就職することなく、東京でアルバイトをしながら掲載される見込みのない「小説のようなもの」を書いていた時期がありました。

フリーターの物書き志望は上手(うま)くいかず、アルバイトに疲れ切っては無為な毎日が過ぎていきました。

いろいろアルバイトをしましたが、印象に残っているものに遺跡の発掘があります。発掘というと刷毛(はけ)を使って土器などを掘り出すイメージですが、私がやったのは試掘調査という主にスコップと土砂をかき寄せる鋤簾(じょれん)を使う土木作業に近いものでした。

冬の朝早くに出勤すると、辺りの土を押し上げて霜柱がびっしり立っていました。ざくざくと霜柱を踏みしめて発掘現場に向かうのです。現場は国立(くにたち)の私有地の畑でした。畑に遺跡が眠っているというのです。そのとき、寒気に澄み渡る遠くの空に富士山が光り輝いていたことを今でもよく覚えています。

小説家になる夢にはほど遠い状況の二十代の私には、富士山もまた遥かな憧れのように輝き、何かを言わんとするような山容に見えました。

この句を読むと、そんな青臭い日々が思い出されて胸のどこかが疼くような気持ちになります。

この句は頭から八音目に切字「や」を挟んで、夜明けの富士山と一寸あまりの霜柱を対比しています。冬の凛とした富士山と繊維のような美しい氷の柱は遠く距離を隔てつつ、しかしお互いりんりんと響き合っているようですね。

俳句は短いゆえに省略されている事柄が多いので、その分読み手が想像を付け加えて読む余白が広い文芸といえます。時にはこの句と青春のほろ苦い思い出を結びつけて解釈した私のように、ごく個人的な俳句の読み方をしてみても許されるでしょう。

私はこの句のおかげで、自分でも忘れかけていたあのころの富士山を思い出し、感慨深さとともに初心に帰る心持ちになることができました。

狼も泪寒きか不二颪　和田東潮（一六五八—一七〇六）

数ある富士山の俳句のなかでも、狼が詠まれた珍しい一句といえます。

日本では一九〇五年（明治三十八年）に奈良県で捕獲されたのを最後に、ニホンオオカミは絶滅したと言われています。では、作者は絶滅した狼を想像してこの一句を作ったのでしょうか。

答えは「NO」です。なぜなら、作者は江戸時代前期の俳人だからです。そのころはまだ、狼は野山を駆け回っていました。時には山里に下りてくることもあったと伝えられています。と考えると、作者は自分の眼で狼を見た可能性が高いでしょう。その上で「狼も泪寒きか」と、狼の身の上に思いを馳せているのです。

この句を読み解くときに気をつけたいのは、季重なりです。「狼」「寒き」「不二颪」と三つの冬の季語が重なっていますね。

では、どれがメインの季語なのでしょうか。それは、下五に置かれた「不二颪」です。「不二颪」が一番、作者が実感している言葉の強さがあります。不二は富士のことで、「二つとない山」という意味です。颪は冬に山から吹き下りてくる風ですから、「不二颪」は富士山から吹き下りる冬の風のことです。

「狼も泪寒きか」とは、作者自身も不二颪を目の当たりにして、強風と寒さのために泪が出ている状態なのでしょう。また、「泪寒き」は何かつらいことがあった心理的な寒さとも考えられます。

「富士からの颪のせいで狼もその鋭い眼差しに泪を滲ませて寒い思いをしているのか」と、狼を思う作者の気持ちには優しさと淋しさが入り混じっています。

ニホンオオカミが絶滅したといわれる現代、この句を読むと、狼よ、どこか深い山中に生きていてくれと願いたくなります。富士山だけが変わらぬ姿で聳え、今も不二颪は吹き続けています。

寒月光大沢崩れくろぐろと　原田紫野

この句は、静岡県富士宮市にある田貫湖周辺で詠まれた句です。田貫湖は富士山西麓に広がる朝霧高原の一角に位置した灌漑用の人造湖であり、その辺りから富士山の斜面にできた「大沢崩れ」が眺められます。

大沢崩れとは、富士山の山体にある大沢川の大規模な浸食谷のことです。山頂辺りから標高二二〇〇メートル付近までの全長約二キロに渡る大沢崩れは、約千年前から形成されているとされ、今でもその土砂の崩壊は続いています。富士山は常に崩れを起こしている山といえるでしょう。

崩れといえば、随筆家・幸田文の遺作『崩れ』にも、大沢崩れが採り上げられており、著者自らの目で見た崩壊の現場が克明に描かれています。

そんな大沢崩れを詠んだこの句の作者は、句友と一緒に大寒の富士を見に出かけて宿に到着すると、その部屋から眺めた富士山をこう書き記しています。

「部屋の真正面に湖を隔てて刻々暮れてゆく巨きな山影を、月が光を惜しまずに照射し、気がつくと数多の星が取囲んでいる。夜目にも白く浮き立って迫る麗姿に圧倒され暫く沈黙が流れた。中央に大沢崩れだけが漆黒の闇を集めて痛々しい凄さだった」

この文章を読んでもわかるように、富士山は真冬の月に照らされてぼうと浮き立ち、その巨大でいて静謐な存在を際立たせているのです。

この句の季語は「寒月光」で冬。寒中の皎々と冴え渡る月の光のことです。大沢崩れは山肌が崩壊してえぐれた部分なので、月光を浴びることによってそこだけが「くろぐろと」陰翳を作って深い闇に見えるのです。大寒の月夜の大沢崩れには、作者が感じた「痛々しい凄さ」が張り詰めており、そこをさらにじっと見つめていると、どこか異空間へ吸い込まれてゆくような暗闇が深々と続いているようにも思えてきますね。

無惨ともいえる大沢崩れに暗色の美と神秘を見出した一句です。

冴え冴えと咲く

寒菊にあさの大富士澄めりけり　小林俊彦(しゅんげん)（一九二九―二〇〇三）

冬の季語である「寒菊」は霜にも強く、寒中に可憐(かれん)な花を咲かせます。「俳句歳時記」では普通種の遅咲きの「冬菊」と一緒にして説明しているものもありますが、本来は別の菊と考えられています。

この句は寒さの張りつめた朝に咲く寒菊の向こうに、富士山が澄み切って現れた風景を詠んでいます。

また、この句には注目すべき部分が二点あります。

一点目は富士に「大」の語をわざわざ付けていることです。「大富士」と言わずとも「富士山」と詠めば音の数も合いますし、問題はないはずですよね。しかし、作者は「大富士」と言いたかったのです。なぜでしょうか？

その理由は「大」の語を付けることで、富士山は「おおきいものである」という意味合いをいっそう強調したかったからです。そうすることで、富士山の威容と寒菊との対比と遠近がより明確に出ますね。それと富士山を誉(ほ)め讃(たた)える美称として「大」の語は働くことも見逃せません。「大富士」と声に出して読んでみると、音の響きも大らかであることに気づくでしょう。

二点目は「澄めりけり」の「りけり」の文法的なことです。「り」は完了の助動詞、「けり」は過去の助動詞になります。「りけり」と連なることで、ある事実に気づいて驚く意味合いとなります。この句では、「大きな富士が澄んでいたのだった！」と作者が気づいて驚いているのです。

このように一語一語を読み解いたうえで、もう一度この句を声に出して読んでみましょう。すると、上五の「寒菊」の響きから、下五の「澄めりけり」までとても美しい調べであることが実感できるでしょう。

富士ふつと立つ草木瓜の返り花

浅羽緑子（一九一五―二〇〇四）

この句は二つの季語を読み解くことで、それこそふっと富士山の姿が浮き上がって見えてきます。

春の季語「草木瓜」と冬の季語「返り花」が入っていることから、季重なりの句ですが、メインの季語は「返り花」となります。

花の季節が終わっているのに、冬の暖かい日に季節外れの花が咲いていることがたまにありますよね。再び返ってきたように咲くので、そんな花を「返り花」といいます。また、ほかに傍題として「狂ひ花」「狂ひ咲き」とも呼ばれます。その返ってきて咲いた花が、この句では「草木瓜」なのです。

「俳句歳時記」では「樝子(しどみ)の花」として立項されており、「草木瓜」は別称として載っています。朱色の木瓜の花に似ていて、草にまぎれるように咲くので「草木瓜」と名づけられました。

これで、この句の富士山の様子が見えてきましたね。

冬の日に本来咲いているはずのない、春の花の草木瓜を見つけると、その花に誘われるように富士山がふっと姿を現したのです。

富士山の雪の白と草木瓜の花の朱の色彩が美しく、寒気のなかで一瞬その二つが通じ合ったような趣が滲んでいます。また、珍しい草木瓜の返り花を、富士山がわざわざ姿を現して眺めているような感じもあって、どこか微笑(ほほえ)ましい光景にも見えてきますね。

冬ざれて飛ぶ

磯千鳥富士を斜めに舞上る

巌谷小波（一八七〇―一九三三）

冬の季語「磯千鳥」は、磯辺にいる千鳥のことです。千鳥は小さな鳥でよく砂浜をちょこちょこと歩いていたりしますが、いわゆる「千鳥足」の語源になっている左右の足の踏みどころを違えた歩き方をします。一般的には酔っぱらいのふらふらとした歩くさまをいうことが多いですね。

そんな千鳥ですが、飛翔力はなかなかのものです。だいたい群れで行動するので、この句の磯千鳥も一羽ではないでしょう。一句のリズムとしては、上五の磯千鳥で軽く「切れ」が入り、半拍置くような感じです。その後、すぐに富士山が現れて大きな景色が広がり、「斜めに舞上る」磯千鳥の飛翔する姿が美しく描かれています。

この句の注目するところは「斜めに」の言葉。ただ「舞上る」のではなく、「斜めに」と角度を持って正確に磯千鳥の舞いをとらえたことで、読み手も富士山と磯千鳥との構図をよりはっきりと思い描くことができます。小さな磯千鳥の「動」によって、大きな富士山の「静」がいっそう際立ってくるともいえるでしょう。

歌川広重の浮世絵『冨士三十六景』にある「駿河薩タ之海上」にも、多少構図は違いますが、遠景に富士、近景に大波、その間の空に群れで舞う千鳥が描かれています。いずれにしろ、浮世絵もこの句も磯千鳥と富士山との組み合わせがぴったりですね。

磯千鳥とともに冬の海の風景も見えてくるこの富士山は、静岡県側から眺めた表富士でしょう。

ちなみに作者は、文部省唱歌「ふじの山」の作詞家としても知られています。

大北風にあらがふ鷹の富士指せり　臼田亜浪（一八七九―一九五一）

この句には「大北風」と「鷹」の二つの冬の季語がありますが、メインの季語は「大北風」です。一句全体に吹き渡る強い北風に、鷹が立ち向かっている勇ましい飛翔が印象的です。

さて、上五を普通に読むと、「おおきたかぜ」ですね。しかし、季語の読み方としては「おおきた」と読みます。俳句で北風と書かれている場合、「きたかぜ」と「きた」の両方の読み方があることを覚えておきましょう。どちらで読むかは、その一句の音数やリズムを考慮に入れて判断します。この句の場合は、「おおきた」と読むことで字余りにならず、五七五の調べになりますね。字余りとは、十七音を越えて定型をはみ出してしまうことです。

逆風であろう強い北風のなか、まるで抵抗するように鷹が富士山を目指して飛んでいるのです。この風は富士山から吹き下ろしてくる富士颪とも考えられるでしょう。大北風と鷹との真っ向勝負。「あらがふ鷹」を見つめる作者の胸中にも、何かに立ち向かう気迫が漲っているように思われます。

この句の富士山は、たどり着きたい目標や夢の象徴にも見えますね。思わず、鷹にエールを送りたくなる一句です。

冬雁（かり）の富士に切火を打つごとし　鈴木蚊都夫（かづお）（一九二七—一九九七）

「冬雁」は冬の季語ですが、「雁」というと、北方から日本に飛んでくる渡り鳥の一種として秋の季語になります。

この句は、秋に渡ってきて海辺や湖沼に棲（す）みついた冬の雁が、富士山の近くを舞っている姿を詠んだ写生の句です。しかし、ただ風景をスケッチした句ではありません。

作者独特の眼の利いた表現である「切火を打つごとし」を読み解くことで、いっそうこの句の風景が立ち上がってくるのです。

火打ち石を打つ場面は、よく時代劇で見かけますよね。旦那が外出するときに、気風のいいおかみさんが出てきて、火打ち石に火打ち鎌（金具）をカチカチと打ちつけて火を散らすあの場面です。その火を起こすことや火そのものを「切火」ともいうのです。火が魔除けになるということで、清めの火として風習化されたようです。

さて、切火のことを踏まえてこの句を鑑賞してみましょう。

冬雁は火打ち鎌、富士山は火打ち石とたとえてみるとわかりやすいかもしれませんね。冬雁が富士の山肌を打ちこすって飛んでいるように見えた作者は、「まるで切火を打っているようだな」と激しく表現したのです。こういわれると、青空の下、雁の翼と富士の山肌がこすれ合って火花を散らしているような光景が浮かんできますね。

実際には、冬雁は富士の山肌に触れずに飛んでいるわけですが、遠方から眺めていると、その二つが重なり触れ合っているように見えたのでしょう。心の眼で創造した火もまた美しいものです。

富士と暮らし

山中湖凧のあがれる小春かな　高野素十（一八九三―一九七六）

山中湖は富士五湖の一つで、そのなかでも面積は最大でありながら、最大深度が最も浅い湖です。そして他の四湖は河川のない内陸湖ですが、山中湖だけには桂川（相模川）の源流となる河川があることでも知られています。湖面標高は九八一メートルで、栃木県にある中禅寺湖についで日本で二番目に高いとされています。

この句は、そんな山中湖の小春日和の一場面を詠んでいます。日常の会話でも、小春日和という言葉は使いますが、実は冬の季語なのです。この句のように「小春」といったり、「小春日」「小六月」ともいいます。また、「小春風」というと小春日和に吹く風、「小春空」というと小春日和の青空のことを指します。

俳句は「省略の文芸」ともいわれますが、季語も圧縮されて、省略した使い方をすることが多々あります。

それからこの句には、春の季語の「凧」が登場していることも見逃してはいけません。季重なりですが、この句のメインの季語は「小春」で冬季となります。

なんとなく「凧」は子どもの遊びで新年の季語のイメージがありますが、昔は「凧合戦」といって村落で行われる競技でした。凧揚げが春の季節とされたのは、古くはその時季の行事とする村々が多かったからです。

さて、この句の注目するところは、富士の言葉はありませんが、想像をたくましくすると、美しい富士山がくっきり見えてくることです。

小春日和の晴れ渡った山中湖には、必ず富士山が現れて寄り添っています。その美しい緑色の湖水の遥か上空を、風に乗った凧のぐんぐん上がる風景が描かれているのです。「小春かな」の詠嘆の切字「かな」は、そんな小春日和を心から慈しんでいるようです。

まるで富士山まで届けと言わんばかりに、糸をどんどん出して上昇していく凧は清々(すがすが)しく、心を晴れやかにしてくれますね。

公魚(わかさぎ)の穴釣り富士に皆そむき　和田暖泡(だんぽう)（一九一八―一九八九）

なぜ、「わかさぎ」に「公魚」という漢字を当てるかご存知でしょうか？

それは江戸時代、霞ヶ浦産のものが将軍家に献上されて以来、公（おおやけ）＝国家・政府に差し出す魚という歴史に基づいた意味合いから、「公魚」と書くようになったといわれています。

この句の季語は、「公魚の穴釣り」で冬。「公魚」だけだと春の季語になるのでご注意くださいね。公魚の穴釣りとは、結氷した湖に穴をくり抜いて公魚を釣ることです。いまや厳寒の風物詩となっていますね。

この句の公魚の穴釣りは、近くに富士山が見えることからおそらく山中湖と考えられます。霞ヶ浦から公魚が移植された山中湖は一月から二月にかけて結氷し、氷上釣りが楽しめるのです。しかし、一時は公魚も少なくなり、湖も凍らなくなって穴釣りが廃れていた時期もあったそうです。その年が暖冬であると、穴釣りも楽しめないということですね。

さて、この句の面白いのは、みんな穴釣りに夢中になって富士山に見向きもしないところです。「富士に皆そむき」とは、あまりにも天下の富士山に対して失礼ではないでしょうか。しかし、そう言うと、「いや、でも富士山に気を取られていると、公魚が引く当たりを見逃してしまうので」という釣り人の真剣な声が聞こえてきそうですね。また、富士颪が吹きすさんでいるので、富士山に背を向けているとも想像できます。

いずれにしろ「富士に皆背き」と表現しながらも、富士山が目に浮かぶユーモアある一句です。

鮟鱇(あんこう)の口に落つるや富士嵐　角田竹冷(かくたちくれい)

深海に棲(す)む鮟鱇は、大きいものは一・五メートルにもなり、扁平(へんぺい)な体で口が大きくて広いのが特徴です。琵琶(びわ)の形に似ていることから「琵琶魚」とも呼ばれています。また、頭の上にある背鰭(せびれ)が変形した長い一本の突起で小魚をおびき寄せて、素早く飲み込むという面白い方法で獲物を捕らえます。「鮟鱇」も「鮟鱇鍋(なべ)」も冬の季語ですが、俎(まないた)の上で捌(さば)くのが難しいので、「鮟鱇の吊し切り」という独特のやり方で料理されます。

この句の「鮟鱇の口に落つるや」は、まさしく「鮟鱇の吊し切り」の状態で、その口に鉤(かぎ)をかけて吊している様子を描いています。なので、鮟鱇の口は天に向かって大きく開かれて、体が伸びた状態になっています。見た目は残酷な姿ですが、鉤に吊すことによって包丁で捌きやすくなるのです。

この句の下五が「富士嵐」ですから、屋外で鮟鱇を捌いているのでしょう。海の近くで捌いているとすると、この句に見える富士山は静岡県側の表富士と考えられます。吊された鮟鱇の大きな口に、富士山から吹いてくる冬の嵐がまるで吸い込まれるように落ちてゆくのです。考えてみれば、深海魚である鮟鱇は、普通に生きていれば陸とは全く関係のない暮らしです。陸の上で人間の手で吊されている状況は、鮟鱇にとって不幸以外の何ものでもありません。

鮟鱇の口を吹き抜けてゆく富士嵐に、なんともいえない哀れを感じますね。

白菜括（くく）る夕べは富士の現（た）つ気配　赤城さかえ（一九〇八―一九六七）

この句の季語は「白菜」で冬。白菜は鍋料理には欠かせないですよね。ちなみに「寄鍋（よせなべ）」「牡丹（ぼたん）鍋」「鮟鱇鍋」「紅葉（もみじ）鍋」「河豚（ふぐ）鍋」など、冬の季語になっている鍋料理は数多くあります。

さて、この句は上五の「白菜括る」が読み解ければ、もうしめたものです。

では、「白菜括る」とは、どんな白菜の状態なのでしょうか？

見たことがあるという人もいると思いますが、まだ畑で育っている白菜の上のほうを紐（ひも）で括っている様子を詠んでいるのです。なぜ、そんなことをするのかというと、白菜の葉に霜が降りて傷まないようにするためだといわれています。霜が降りると「霜枯れ」を起こしてしまい、白菜が傷む原因になります。なので、凍害から守るために、白菜の上をぎゅっと紐で縛っておくのです。

ということは、この句の場所も畑であることが判明しましたね。畑にある白菜を紐で括っているのです。時刻は夕方、夜が迫ってきていますが大気も澄んでおり、いつも富士山が見える遠くの空に今まで姿を隠していた山容がふっと現れそうな気配を感じたのでしょう。白菜を括る作業のために中腰になっていた背中を伸ばし、顔を富士山のほうへ向ける様子が見えてきますね。

この句は上五から七音となって、字余りとなっています。「白菜括る」と五音からはみ出ることで、たくさんの白菜や括った紐の上からはみ出ている葉先まで想像させてくれます。

共産党員だった作者は、労働に関する佳句を残していますが、この句からも土の恵みによって生きる人間のしみじみとした暮らしぶりが感じられますね。

雪と富士

竹取りの翁(おきな)が髭(ひげ)や富士の雪　椋梨一雪(むくなしいっせつ)（一六三一―一七〇九）

「竹取りの翁」というと、日本最古の物語『竹取物語』に登場する、竹のなかから三寸ばかりの可愛(かわい)い姫を見つけて育てる翁を思い出します。

その物語のヒロインはかぐや姫ですね。やがて美しく成長したかぐや姫は、貴公子や帝の求婚をしりぞけて、八月十五夜の満月の日になると、たくさんの天女たちと一緒に月へ帰って行ってしまいます。

ところで、その場面がラストシーンではなく、最後に富士山が出てくるのをご存知でしょうか？

かぐや姫は帝(みかど)のために、手紙と不死の薬を形見に贈るのですが、帝はその手紙を読み、「逢ふこともなみだにうかぶ我が身には死なぬ薬も何にかはせむ」という一首を詠みます。つまり、「かぐや姫に逢えなくて涙を流している私には、不死の薬なんて何の役にも立たないよ」と帝は悲しみに暮れるのです。それで、天に近い山である富士の頂上に勅使を遣わせて、その恋を断ち切るように手紙と不死の薬を焼かせるのです。

最後の一文が「その煙、いまだ雲の中へ立ちのぼるとぞ言ひ伝へたる」ですが、なんとも切ない煙ですね。かぐや姫が帰った月に最も近い山である富士の頂から立ちのぼる煙は、帝の届かぬ恋心の象徴のようです。

また、富士の火山活動という観点からみると、『竹取物語』が成立した八九〇年代は、まだ貞観（じょうがん）大噴火の活動が継続されていたとも考えられるので、その噴煙を下敷きにした煙ともいえるでしょう。

そんな富士山ともゆかりの深い『竹取物語』を踏まえてこの句を読むと、また趣がぐっと深まります。

帝と同じように翁も大事に育ててきたかぐや姫を失って、とても悲しみました。この句の翁は物語の翁を詠んだのか、実際竹を刈っていた翁を詠んだのか、どちらとも読みとれますね。いずれにしろ『竹取物語』を踏まえて作ったことは間違いないでしょう。なので、この句の「翁が髭」は、その悲しみのショックのために白くなったようにも見えてきますね。下五に「富士の雪」と置かれると、富士山の雪のように翁の髭まで白くなったようにも感じられます。

『竹取物語』に出てくる富士山を下敷きにして作ったこの句は、遊び心に富んだ面白い趣向といえるでしょう。

雪煙りあがる裏富士月夜かな　福田甲子雄（一九二七―二〇〇五）

一〇一二年ごろに成立した詩歌集『和漢朗詠集』には、王朝貴族の間で愛唱された漢詩文と和歌が数多く収録されています。

そこに白居易の有名な漢詩「寄殷協律」が収められています。

琴詩酒友皆抛我
雪月花時最憶君

これを訳すと、「琴や詩や酒をともに愛した友人は、みんな私を置いて去ってしまった。雪の降るとき、月の照るとき、花の咲くときにはたくさんの友のなかでも、真っ先に君のことが思い出されるよ」という意味になります。この漢詩のなかで注目したい言葉が「雪月花」です。

季語においてもこの「雪月花」は特に重要とされており、日本の伝統的美意識が象徴されているといっても過言ではないでしょう。

さて、この句を見てみると「雪月花」のうち、桜である「花」を除いた雪と月とが詠(うた)われていることに気づきますね。

冬の季語「雪煙り」と秋の季語「月夜」が二つ入っているので季重なりの句ですが、メインの季語は「雪煙り」となります。

この句は風に吹かれて煙りのように舞い上がる雪が、月夜の裏富士を幻想的に見せています。裏富士は山梨県側から眺めた富士山のことですね。

リズムとしては「裏富士」で軽く切って、「月夜」と読むこともできますが、ここは「裏富士月夜」とひとまとめにして読みたいところ。梅が咲いている月夜を「梅月夜」というように、裏富士を照らす月夜を「裏富士月夜」と美しく呼びたいですね。

富士山もそこに舞う雪煙りも月光を受けて、妖美(ようび)ともいえるような、どこかこの世のものでない壮麗さを感じる一句です。


氷壁や死神哄(わら)ふとき突風　伊藤霜楓(そうふう)（一九二六―二〇〇五）

井上靖の小説『氷壁』は前穂高岳が舞台ですが、この句は富士山の氷壁のことを詠んでいます。

冬の季語「氷壁」は、氷結した断崖(だんがい)や氷に覆われた岩壁のことで、まさに冬山の美しさと険しさを象徴するような景観といえるでしょう。

上五の切字「や」に、「氷壁だなあ」という冬山への畏怖の念を込めたような詠嘆を置き、その後、「死神哄ふとき突風」という不気味な十二音を響かせています。

登山者にとって冬山は、一歩間違えば死が待ち受けている危険な場所です。氷壁はその最たる箇所であり、登攀するときは転落の危険性を伴います。よじ登っているときに、それこそ突風が吹きすさぶとたまったものではないでしょう。クライマーにとっては、死神の笑い声のように突風を感じるかもしれませんし、死の世界へと導くために寄越した使いのようなその風とも闘わなければいけないのです。

この句は下五の「突風」の「う」が十七音をはみ出す字余りとなっています。そのはみ出した音律も、突然吹き起こる強風のイメージにぴったりといえるでしょう。

ちなみに作者は、富士山測候所で働いていた所員で、富士を目の当たりにして俳句を作っていました。それだけにこの句にも臨場感が漲っていますね。

二〇〇四年に閉鎖された測候所は現在、富士山特別地域気象観測所として、自動気象観測装置による観測が行われています。

また、八合目付近の登山道・長田尾根には、その建設を記念して石碑が建てられています。そこには伊藤霜楓さんの「飛雪尾根声あげて声奪はるゝ」と、岩尾根で滑落死し登山道命名のきっかけとなった測候所所員・長田輝雄さんの「いつ水の流れしあとや蕗（ふき）の薹（とう）」の二句が刻まれています。

樹海沈めて冠雪の富士黙（もだ）一つ　遠藤七狼（生没年不詳）

この句の樹海とは、富士山の北西に広がる青木ヶ原樹海のことです。

青木ヶ原樹海とは、貞観六年（八六四年）の富士山の噴火によって流出した溶岩流が広がってできた、約三〇平方キロに及ぶ原生林のことです。

栂（つが）や檜（ひのき）などの針葉樹と、アセビや水楢（みずなら）などの広葉林が混じり合ってできた青木ヶ原には、溶岩に磁気を帯びた地域も存在するため、そこでは磁石が効かないそうです。

また、風穴や氷穴といわれる溶岩洞窟（どうくつ）を抱えた青木ヶ原は、富士山原始林として天然記念物の指定も受けています。

この句は、そんな樹海を沈めて雪を被（かぶ）った富士山が聳えていると詠んでいます。

「樹海沈めて」という表現が地形的に捉（とら）えた描写だけでなく、「鎮めて」という漢字の意味合いも掛けているように思われます。富士山の威力で樹海を鎮定している雰囲気も醸し出されているようです。

冬の富士山を「冠雪の富士黙一つ」と、静かに捉（とら）えたところもこの句の魅力です。

巨人のような富士山が無口にただ存在しているのです。わざわざ「一つ」といったところが、唯一無二の富士山を強調しています。

この句の音数を数えてみると、十九音で字余りになっています。この十七音の定型をはみ出した調子が、青木ヶ原樹海の広大さと富士山の偉容を物語っているともいえるでしょう。

大綿や大晴れ富士の暮れ残り　鈴木花蓑(はなみの)（一八八一―一九四二）

綿虫を初めて見たのは小学生でしたが、そのころの私は、綿虫という名称すら知らず「この白い小さな羽虫は何だろう」と思っていました。手に触れると、少しねばねばするのも不思議でした。

俳句を作るようになって「綿虫」の名を知り、冬の季語であることを知りました。そして、アブラムシ科の昆虫で、白い綿のような分泌物を持っていることもわかりました。あのときのねばねばはその分泌物のためだったのです。

晩秋から初冬にかけて、曇りの日などに飛んでいることの多い綿虫ですが、雪の降り出しそうな時季に舞うので、「雪蛍」「雪婆(ゆきばんば)」「雪虫」などの別称があります。この句の「大綿」は、綿虫の一種である大綿虫のことで綿虫よりも体長が少し大きくて、リンゴの木によく寄生します。

この句は、上五で「大綿だなあ」とふわふわと雪のように舞っている様子を切字「や」によって強調しています。その後、「雲一つなく晴れた富士山には、日暮れのあともしばらくのあいだ明るさが残っているよ」と詠っているのです。暮れ残った富士山を背景にして大綿が舞っているという美しくもちょっと幻想的な光景ですね。

また、リズムの良さもこの句の特徴です。「大綿」の「おお」と「大晴れ」の「おお」のリフレインが、この句の風景をいっそう雄大なものに見せる効果として働いているのです。

新年

初富士

初富士や鷹（たか）二羽比肩しつつ舞ふ　中村草田男

「初富士」は新年の季語で、元日の富士山のことを指します。「俳句歳時記」では、季語の分類として春夏秋冬に足して新年の項目を立てているのが特徴です。

この句は元日の富士山が聳（そび）え、鷹が二羽飛んでいる風景ですね。しかし、もう少し俳句の知識を加えて読んでみることにしましょう。

実はこの句にはもう一つ季語があるのですが、おわかりでしょうか？

答えは冬の季語である「鷹」です。この句は「初富士」と「鷹」の二つの季語が入った季重なりですが、メインの季語は「初富士」ですね。上五に切字の「や」が置かれていることからもそれがはっきりとわかります。

切字の「や」は、「初富士だなあ」という詠嘆が込められていると同時に、「や」の上と下にある言葉をつなぐクッションのような役目も果たしています。うまく二つの風景を組み合わせて、一幅の絵画のように仕立てていますね。

それらのことを踏まえてこの句を改めて鑑賞してみましょう。最初に初富士が読み手の前にどんと現れます。その後に悠々と舞う二羽の鷹の姿が富士山に重なるように眩しく見えてきますね。まるで肩を並べるように舞う二羽の鷹は夫婦なのか親子なのか。いずれにしろ二羽の鷹の出現によって、いっそう富士山の雄大さが際だってきます。

「一富士二鷹三茄子」は、初夢で見ると縁起の良い順に並べられた成句ですが、駿河の国の名物という一説もあります。

この句にはさすがに茄子までは出てきませんが、「一富士二鷹」まで描かれていることもあって、誠に縁起の良い俳句といえるでしょう。

初富士のかなしきまでに遠きかな　山口青邨（一八九二―一九八八）

この句の主眼は、「かなしきまでに」という感情的な捉え方です。「かなしきまでに」遠い富士山とはいったいどんな姿なのでしょうか。

元日に仰ぐ初富士は当然雪に包まれていますが、遥か彼方に見えるその真っ白い頂は小さくも美しく輝いていることでしょう。

この句には作者の詳しい自解(じかい)があります。この句自体は一九五七（昭和三十二）年作なのですが、作者は自解の冒頭でこう述べています。

「昭和二十年、東京最後の大空襲で、あたり一面焼野原になってしまった。地平線のはるかかなたに富士が見えた、自分の家から見る富士は何か特別なもののように覚えた。」

作者はこのように回想し、アメリカ軍による大空襲で焼野原になった地平線の彼方の富士山を朝に夕に眺めたことを記しています。そしてこう続けています。

「こんなちっぽけな富士でもさすがは富士、端然たる威厳をもっていた。ものが遠いということは人を悲しませ、慕わせる、小さいということは可憐であり、愛しいという感情を起させる。この富士に対する感情は何年経っても私から消えなかった。」

戦争から十二年を経てもなお焼野原の遥か向こうに見た富士山が、作者の胸の奥に刻まれて残っていたのです。その感慨を切字の「かな」が深く受け止めています。「なんと遠いことよ」という詠嘆は、戦争の記憶とともに、一九四五（昭和二十）年に見た富士山と重なって作者の悲しさをかき立てています。

神棚に代へて初富士拝むなり　大須賀(おおすが)乙字(おつじ)（一八八一―一九二〇）

現代の各家庭において、神棚を設(しつら)えた家は珍しいほうに入るかもしれませんが、この句の光景は神棚に手を合わす代わりに、遥かな富士山を拝んでいるのです。たとえば、庭先などに出てみると、富士山が眺められるような位置関係なのでしょう。

元日に現れた富士山に向かって、大きく柏手(かしわで)を打って祈りを捧(ささ)げる人の姿には、富士山を霊山として畏怖(いふ)する気持ちがありありと見えてきます。

切字の「なり」が、拝むことに重きを置き、強調する意味合いとして凛(りん)と響いています。また、もう少し音律を細かく見ていくと、「神棚」の「か」、「代へて」の「か」、初富士の「は」、なりの「な」とそれぞれの語の頭が母音のa音となっており、元日の晴れ晴れとした様子がリズミカルに読み手に伝わってきますね。

この句を読んで思い浮かんだのは、静岡県の富士宮(ふじのみや)市にある山宮浅間(せんげん)神社でした。最初に富士山を祀(まつ)った神社で、全国にある約千三百社の浅間神社のなかで最古とされています。

山宮浅間神社には社殿はなく、富士山そのものを御神体として遥拝(ようはい)する形式が残されているのです。遥拝とは神仏を遠くから拝むことですが、この句には、そんな富士山信仰を日常の暮らしのなかで自然に行っている敬虔(けいけん)さが感じられます。

初富士が車窓にありて誰も言はず　今瀬剛一（ごういち）（一九三六―）

この句のような場面に、私も何度か出くわしたことがあります。

東京から和歌山に帰省する際、新幹線で新大阪駅を経由するのですが、三島、新富士辺りで晴天であれば、車窓から大きな富士山を見ることができます。

自分の座席の近くに子どもを連れた家族連れが乗っていてそれに気づくと、「あ、富士山だ！」と子どもが声を上げたり、「ほら、富士山が見えるよ」と家族の会話が聞こえてきたりするものです。しかし、周りがスーツ姿のサラリーマンばかりだったり、一人旅が多い車両だと、車窓の富士山に気づいているのでしょうが、みな黙ったままです。もちろん、私も黙っています。心のなかで「やっぱり富士山って綺麗（きれい）な山だなあ」などと思いながら。そんなときは周りの乗客も、富士山を無言で眺めつつ、心ではいろんな言葉を発しているのでしょうね。

新幹線の例を挙げましたが、普通の電車だとまた雰囲気が変わってくるでしょう。新幹線は二人掛けか三人掛けの席なので、あまり周りの視線を感じ取ることはできません。普通の電車だと、しかも左右で向かい合うかたちの座席だと、お互いの視線は敏感に感じられますから、車窓に富士山が現れたときの反応は、声が出なくても目の動きや所作でわかりますね。みんな「富士山だ！」と気づいているはずなのに、この句のように「誰も言はず」の状態は、なんとなく妙な緊張感のようなものが流れているものです。

この句には、押し黙って胸の内で何かつぶやくいかにも日本人らしい気質が出ています。また、その対象が日本の象徴的存在である元旦の富士山ということから諧謔（かいぎゃく）が生まれました。

めでたき存在感

眼前に富士の闇ある淑気かな　東良子（一九四一―）

この句を読んだとき、静岡県は御殿場で見上げた大きな富士山を思い浮かべました。遠くから見晴るかす富士山もいいですが、高原都市から目の前にある富士山を見上げると、もう圧倒されるばかりですね。と、同時に自分の小ささを痛感させられました。人間は、自分より遥かに大きな存在を間近にすると、畏怖の気持ちが自ずと湧き上がってくるものだということを改めて実感しました。その心が自然崇拝の根幹であり、神道の思想にも繋がっているのです。

さて、この句は「眼前に富士の闇ある」の表現からもわかるように富士山は闇に包まれています。しかしこの闇とは、いったいどんな闇なのでしょうか？

それを解く鍵は、下五の「淑気」の言葉にあります。

「淑気」とは新年の季語で、正月の清々しくも引き締まった雰囲気をいいます。めでたいことが起こりそうな吉兆の空気が感じられる、どこか華やいだ気分も含まれます。

俳人であれば、季語として「淑気」は馴染(なじ)みがありますが、俳句に親しみの薄い人には初耳の言葉でしょう。新春の雰囲気を見事に言い留めた美しい季語なので知っておいて損はないと思います。

これで「淑気」の謎が解けたので、この句の光景が見えてきましたね。

元日の夜でしょう。目の前に富士山があり、新年の天地に厳粛な気配が満ちているのです。ちまたの元日の闇にもそんな気配が少なからず漂っているでしょうが、闇の向こうに富士山が間近に厳然と聳えている地では、いっそう「淑気」が濃く感じられるのです。

闇のなかでもぼうっと浮き上がるような富士山の威容は、見る者を黙らせる厳かな存在感の力強さを放っています。

元朝(がんちょう)や大いなる手を富士拡げ　五所平之助（一九〇二―一九八一）

新年の季語「元朝」は、元日の朝のことです。同じ意味で一番流布している言葉は「元旦」ですが、その他にも「大旦(おおあした)」「鶏旦」など、俳句では使われます。

この句は最初に「元朝や」と置いて、元日の朝の晴れやかでめでたい空気を讃(たた)えて、

「元日の朝だなあ」と詠嘆しています。続いて、「大いなる手を富士拡げ」と、まるで巨人のように富士山を捉えて雄大な裾野(すその)の広がりを「手」に見立てているのです。「拡げ」と連用形で下五を留めているところも、まさにいま手を広げているといった動きが強調されて、その両手で羽ばたきそうな雰囲気まで漂っていますね。

富士山を人間にたとえる句は意外に多いのですが、この句はそのなかでも見事に擬人化に成功した例といえるでしょう。

富士山を間近にすると、その山容に包まれるような安心感が生まれるものです。しかも元日の朝となると、「大丈夫だよ、きっと良い年になるからね」と新年に向けて、富士山が密(ひそ)かに応援してくれているような声が聞こえてきそうですね。

この句は句碑として、静岡県富士市鈴川の田子の浦埠頭(ふとう)研究所の玄関前に立っています。句碑の左側には、「五所平之助五四年早春」と彫られています。「五四」は昭和五十四年の意味で、この年の早春に句碑が建立されたようです。

五所平之助の本業は映画監督であり、日本最初のトーキー映画『マダムと女房』の監督としてもその名を知られています。しかし、句作にもなかなか本格的に取り組み、俳句結社「春燈」に所属して、久保田万太郎、大場白水郎に師事しました。

作者は他にも「初富士や秘めて楽しむ散歩道」「赤富士にやさしき馬の眼見し」など、富士山を詠んだ佳句を残しています。

御降(おさがり)の大くまとりやふじの山　小林見外(けんがい)（一八〇五ころ―一八七三）

この句はまず季語の意味がわからないと、なかなか読み解けないでしょう。逆にいうと、季語の意味がわかれば、だいたいの風景が浮かんでくるはずです。「御降」が新年の季語です。「おさがり」とは言葉の響きも美しいですね。意味は、元日に降る雨や雪のことで、三が日の間に降るものも含まれます。

さあ、いかがでしょうか。これでだいぶこの句の風景が浮かんできましたね。元日の富士山に雨か雪が降っているのです。仮に雪としましょう。

次に「大くまとり」をどう解釈するかです。「大」の字は、富士山の雄大さに掛かっているのでしょう。ですから、「くまとり」の意味を考えればいいのです。ただし、読みは「くまどり」と濁った表記で載っていますね。意味は二つあります。①「東洋画で、遠近感・立体感などを表すために、墨や色彩に濃淡をつけてぼかす技法」、②「歌舞伎で、役柄の性格や表情を強調するために、役者が紅・青・墨などの絵の具で顔を彩る化粧法。また、その模様。くま」。ただし、②の意味は①から派生したと考えられます。

これでわからない言葉はなくなりましたね。この句では切字「や」は、五七五の七の下に置かれていることも頭に入れておきましょう。あとは、一句にある言葉をつなぎ合わせて読み解けばいいのです。

「隈取り」①の意味で考えると、「元日の雪の降るなか、大いなる富士山は水墨画のように濃淡をともなって幽玄に聳えていることよ」と解釈できます。

「隈取り」②の意味で考えると、「元日の雪の降るなか、大いなる富士山は歌舞伎役者のようにその姿を美しく化粧しているようだ」と解釈できますね。

どちらの解釈も成り立ちますし、どちらの富士山も元日の雰囲気を湛(たた)えています。国語のテストではないので正解は一つではありません。自分の美意識に照らし合わせて、この句から立ち上がってくる富士山を思い描いてみましょう。

小さくとも淡くとも富士初景色　西村和子（一九四八―）

新年の季語「初景色」は、元日に眺める景色のことです。普段見慣れた景色も正月を迎えて澄んだ心持ちで眺めると、年始の感慨深さがあるものです。

この句はそんな風光のなか、富士山を眺めているのですが、注目するところは季語

「初景色」の巧みな使い方と「小さくとも淡くとも」という繊細な表現です。

元日に見る富士山を「初富士」といって季語になっていますが、この句はあえて「初富士」を使わずに「初景色」の季語を使って「初富士」を見せているのです。

では、なぜ作者はそのような詠み方をしたのでしょうか？

それは元日にわざわざ見に行くような特別に大きな富士山ではなく、あくまで日常のなかで見える景色の一部としての富士山を詠みたかったからでしょう。ということは当然、静岡や山梨から眺めた富士ではありません。関東から遠望する富士山をこの句は品格をもって賞賛しているのです。

「初富士」というと、富士山が主役になった句になりがちです。しかし、「初景色」のなかの富士山の存在は周りの景色にとけ込んだ、少し控えめな山容となって読み手の目に映ります。その様子が「小さくとも淡くとも」という表現に託され、それでも富士は富士であると、遠慮ぎみに見える山容を親しみをもって眺めているのです。「初富士」を見たから単純にその季語を使うのではなく、冷静にその光景を見つめたうえで、「初景色」の季語を選択した作者の写生の目の確かさが光る一句です。

あこがれる富士

初鴉（はつがらす）富士へと飛んで富士はるか　小澤實（みのる）（一九五六―）

新年には、「初」の語の付いた季語が多いのですが、「初鴉」もその一つです。「初鴉」とは元日の鴉のことであり、特に一月一日の早朝に鳴く鴉の声には、普段とは違う新鮮な気持ちにさせられるものです。鳥でいうと、「初鶏」「初雀」「初鳩」などが新年の季語となっています。

鴉は都会ではとかく嫌われがちですが、私の故郷である和歌山の熊野地方では神の使いとされ、三本足のヤタガラスとして古代より大事に祀（まつ）られてきました。サッカー日本代表のシンボルマークといえば、皆さんもピンとくるのではないでしょうか。さて、そんな神聖な一面も持つ鴉ですが、この句では富士山へと飛び立ってゆく光景が詠まれています。「初鴉」は声だけではなく、その姿も詠まれます。この句も鴉の声というより姿が詠まれていますね。

おそらく作者と鴉の距離は、そんなに離れてはいないのでしょう。ただ、富士山だけが遠くにあるのです。富士山へと吸い込まれるように鴉が飛んでゆくことで、いっそう遥かに富士山を感じ取った作者の眼差（まなざ）しは、新年を迎えた感慨にも繋がっています。

飛び立った鴉の黒と遥かな富士山の白のコントラストが美しく、「富士」の語のリフレインがますます鴉の舞いを優雅に見せていますね。遠近を丁寧に描いた華麗な一句です。

初夢や猫も富士見る寝様かな　小林一茶

一読して微笑（ほほえ）んでしまうかわいい俳句です。

季語は「初夢」で新年。「初夢」は新年を迎えるとよく話題にのぼる事柄ですね。しかし、「初夢」とはそもそもいつ見る夢のことなのでしょうか。

これには諸説あって、元日の夜に見た夢、元旦の目覚める前に見た夢、二日の夜に見た夢などの説に分かれるようです。いずれにしろ、それほど厳密でなくとも新年に初めて見る夢と理解していいでしょう。

「一富士二鷹三茄子」が吉夢の順番とされていますが、この句では猫が初夢を見ているだろう様子が詠まれています。「見ているだろう」と推測で書いたのは、人間からは猫の寝ている様子を見てそう想像するしかないからです。ひょっとして猫は夢など見ていないかもしれないし、ましてや富士山の夢を見ているなどとは誰にもわからないことですよね。そこを作者は猫の寝姿を眺めながら、想像を膨らませたのです。伸び伸びと眠る猫の姿に、でっかい富士山の夢でも見ているのかなと。

さて、この句の切字に注目してみると、「や」と「かな」の二つが使われています。これは俳句入門書などでは、禁じ手とされることがほとんどで、「一句のなかに切字は一つ」と必ずといっていいほど書かれています。なぜかというと、一句のなかの詠嘆や感動が二分されてしまうからです。短い俳句に感動は一つでいいという考え方であり、あとはリズムが悪くなったり、句の意味がぶつぶつ切れてしまうということにもなりかねないので禁じ手となっているのです。

作者はお構いなく二つの切字を使っていますが、それがよりいっそう猫の寝姿を面白くおおらかに読み手に見せているように思えます。

「初夢だなあ。猫も人間と同じように縁起のいい富士山の夢を見ているような、気持ち良さそうな寝姿だなあ」、そんな作者のユーモラスな呟き（つぶや）きのような一句ですね。

新書版あとがき

本書を執筆するにあたり、最初に始めなければならなかったことは、富士山を詠んだ俳句を洗い出す作業でした。この作業は思ったほど容易ではなく、長い時間を要しました。私の独断で選ぶ富士百句とはいえ、その山容を絶妙且つ優美且つ威風堂々と描いた、確かに富士の存在が感じられる作品を選句しなければという使命を帯びた作業となりました。

そんな選句の段階において、まだ百句選に到達していない折りの話です。

富士山の句が収録された良質な資料はないものかと、書店に入るたびに眼を光らせていたのですが、東京は町田にある有名古書店T（作家の三浦しをんさんがアルバイトをしていたのでも有名）に立ち寄って物色していたところ、びっしり本の並んだ棚から、いきなり眼に飛び込むように一冊の本が光輝を放ってきました。村上龍昇著『富士千句集と作家群像』。背表紙を一瞬にして解読した私は周りに誰もいないのにもかかわらず、慌ててその本に手を伸ばして箱から本を取り出し、目次を見、頁（ページ）を繰りました。その手は我知らず少し震えていました。その本には、年代順にあまたの富士俳句が並び、見事に体系化され丁寧な解説が付されていました。労作とはこんな本のことをいうのでしょう。

「ついに宝物を掘り当てた！」と、私は歓喜しました。これで富士百句を選ぶ指針ができ、目処が付いたと確信しました。同時に日焼けして色褪せたこの本が、まるでその頁を開けてくれるのをずっと待っていたようにも思えました。

人は偶然の出来事だとかたづけるかもしれませんが、私には『富士千句集と作家群像』との出合いは奇跡的邂逅のように思えてなりません。ただの資料としてではなく、この本はこれから富士百句の鑑賞文を書こうとする私を鼓舞してくれる頼もしい存在にもなりました。ですから、『富士千句集と作家群像』の著者である村上龍昇氏に敬意を表して心より感謝申し上げます。

本書は主に江戸時代から現代までの富士俳句を採り上げましたが、それらの作品を鑑賞しながらつくづく思ったのは、全くもって富士山は昔からとても親しまれ愛されていたということです。日本人は五七五のわずか十七音に、雄大な富士山をたゆまず詠み続けてきました。そのしなやかで雄渾な先達の詩心に、私は同じ俳人として崇敬の念を捧げたいと思います。

最後に、まことにふくよかな富士山のイラストを描いてくださった南伸坊さん、本書の企画段階から執筆に至るまで親切に支えてくださったライターの浅野安由さん、編集担当者の鶴見智佳子さんに深謝申し上げます。

二〇一四年七月

堀本　裕樹

文庫版あとがき

本書『富士山で俳句教室』は、富士山を詠んだ俳句に、僕なりの鑑賞文を加えました。タイトルに「俳句教室」とありますが、まさに俳句の基本が汲み取れるように書いたので、初心者の方でも一句を読みあぐねるということはないと思います。「俳句のいろは」はもちろん、本書では一句を作るうえで役立つさまざまな表現技法についても触れています。

僕の鑑賞文をヒントにしていただき、読者なりの新たな読み解きをしていただくのも楽しいでしょう。私ならばこういうふうにこの句は解釈するかもと、ご自分のイマジネーションも大事にしながら、富士山の俳句に接していただければうれしいです。

コロナ禍もようやく過ぎた近年、富士山の登山客が急増していると聞きます。そんななかで、オーバーツーリズムの問題が発生し、無謀な弾丸登山やゴミのポイ捨てなどのマナー違反も増え、神聖なる富士山が汚される事態も多々起こっているようです。これらは決してあってはならないことです。富士山に対して利己的に接するのではなく、その歴史的存在を尊重し畏怖しつつ、節度をもって大切に向き合っていただきたいものです。

富士山の俳句に接することも、この山の魅力や貴重さを知ることに繋(つな)がるでしょう。今まであまたの俳人たちが、千変万化する富士山の豊かな表情を繊細に感じ取り、五七五で捉(とら)え、詠み継いできたのです。本書が少しでも富士山を尊ぶ気持ちに繋がれば幸いです。

最後になりましたが、この本を担当してくださった編集者の郡司珠子さんに、文庫化に当たり再びご協力いただいたライターの浅野安由さんに、短冊ではなくスマートフォンを片手にした、富士山にも俳句にも興味津々の女の子を表紙に描いてくださったカシワイさん、デザインの西村弘美さん、力強くてあたたかい推薦文を帯にお寄せくださった武井壮さんに、心より感謝申し上げます。

二〇二四年四月

堀本　裕樹

俳人一覧

春

三森幹雄　陸奥（むつ）国石川郡（福島県）生まれ。明治政府の国民教化対策である俳諧教導職になった。主宰した明倫講社は後に神道系の明倫教会に改められる。

篠原梵　愛媛県松山市生まれ。高校時代より句作を始める。「中央公論」編集長を経て中央公論事業出版社長などを歴任。実作と評論の両面で活躍した。

釈蝶夢　京都生まれの僧。芭蕉（ばしょう）の句にちなみ住まいを五升庵（ごしょうあん）としたため、五升庵蝶夢ともいわれる。芭蕉を敬愛し、広く各地を旅し『芭蕉翁発句集』など多くの芭蕉関連の本をまとめた。

正岡子規　愛媛県松山市生まれ。東京帝国大学中退後、日本新聞社に入社。「獺祭書屋俳話（だっさいしょおくはいわ）」を連載し、俳句革新運動の口火を切った。また短歌革新にも取り組んだ。

大串章　佐賀県嬉野（うれしの）市生まれ。中学生時代、「毎日中学生新聞」に俳句などを投稿する。京大俳句会、「濱（はま）」を経て一九九四年「百鳥（ももとり）」を創刊、主宰となる。二〇一七年より俳人協会会長。

水原秋桜子　東京生まれ。東大俳句会に参加、昭和初期にかけ「ホトトギス」誌上を中心に阿波野（あわの）青畝（せいほ）、高野素十、山口誓子と共に四S時代を築いた。後に結社「馬酔木（あしび）」を主宰。

平井照敏　東京生まれ。フランスの詩人、イヴ・ボンヌフォワの研究者であり、自身も詩人。短詩型に興味をもち句作を始める。一九九三年、現代俳人のアンソロジー『現代の俳句』を編む。

飯田蛇笏　山梨県生まれ。大学中退後に帰郷し家業に従事しながら句作を続けた。一九一七年、主宰となった俳誌「キラヽ」を「雲母（うんも）」と改めた。句集に『山廬集（さんろ）』など。

横光利一　福島県会津若松市生まれ。小説家。新感覚派として注目を浴びる。とくに師は持たず、『旅愁』のように小説内に自作の俳句を登場させたこともあった。

田上菊舎尼　長府藩（山口県）士の娘として生まれ、結婚したものの二十四歳で寡婦となり二十八歳で剃髪（ていはつ）。旅をし書画、茶道、琴をするなど多彩な生活を送った。編著に『手折菊』。

松岡青蘿　元姫路藩士。十三歳より江戸で俳諧を学ぶ。その後諸国を遍歴し、加賀（石川県）を経て加古川（兵庫県）に居を構え、中国地方に多く門人を得た。別号に幽松庵。

吉野義子　台湾生まれ、愛媛県松山市で育つ。一九四八年「濱」入会、大野林火に師事する。一九五四年、「濱」同人。一九七九年「星」を創刊、主宰。

加賀千代尼　加賀（石川県）松任出身。十六、七歳より俳諧の評判が立ち、一七五四年ころ剃髪して素園と号した。『千代尼句集』は当時の評判を集めた。

夏目漱石　作家。東京生まれ。一高時代に子規と出会い句作を始める。掲載句は子規へ送った句稿のなかのひとつ。代表作『吾輩は猫である』ほか数編は「ホトトギス」に発表された。

細見綾子　兵庫県生まれ。大学卒業後結婚するが、夫の病死により帰郷、母を失い病床に伏す。医師のすすめで句作を始め、投稿を続ける。戦後、俳人の沢木欣一と再婚。

長谷川櫂　熊本県生まれ。新聞記者を経て俳句に専念する。一九九三年「古志」創刊、主宰（二〇一〇年退く）。句集に『虚空』『富士』『震災句集』、著書に『俳句の宇宙』など。

大淀三千風　伊勢の生まれ。十五歳から俳諧に親しみ、一日にひとりで三千句をつくり三千風と名乗った。仙台松島を経て、大磯に日本三大俳諧道場の一つ鴫立庵（しぎたつあん）を再興した。

戸恒東人　茨城県生まれ。大蔵省などを経て、帝京大学教授。一九九〇年「天為（てんい）」創刊に参加、翌年個人俳誌「東風句報」（のち「春月」に改題）創刊、主宰。評論も手がける。

小林一茶　信濃国柏原生まれ。十四歳で江戸に奉公に出、二十五歳のとき二六庵竹阿（にろくあんちくあ）らに師事して俳諧を学ぶ。父と死別後、継母らと遺産を争うなど家庭的には不遇であった。

原石鼎　島根県生まれ。家業を継ぐべく京都医学専門学校に入学するが、放校となる。奈良で次兄の手伝い、東京でホトトギス社の業務に就くなどするが、句作が中心の放浪生活に入る。

横井也有　名古屋出身。尾張藩で寺社奉行などの要職を歴任、一七五四年隠居し、趣味中心の生活に入る。俳諧と俳文のほかに儒学、狂歌、書画、謡曲などに通じた。

夏

塚本清　東京神田生まれ。二〇〇一年、「春耕」入会のち同人。小平喜平句会、東村山けやき句会を立ち上げる。

本宮鼎三　静岡県生まれ。職業安定所に勤める。一九七三年「畦（あぜ）」創刊編集長。同誌終刊後の一九九八年「かなえ」創刊、主宰。句集に『櫂（かい）』『鬱金（うこん）』『母樹（ぼじゅ）』など。

宮下翠舟　東京都生まれ。十六歳ころから句作を始める。一九三二年、兄宮下麗葉と同人誌「土筆（つくし）」を創刊、「馬酔木」「若葉」をへて「春嶺（しゅんれい）」を継承、主宰。句集に『秋嶺』など。

杉良介　岐阜県大垣市生まれ。一九七五年、「萬緑」入会。「氷海」を経て「狩」同人。二〇一九年より「香雨」同人。句集に『紙舟』『火の酒』など。

島村正　静岡県生まれ。「七曜」で堀内薫に、「天狼（てんろう）」で山口誓子に師事する。一九九三年「宇宙」創刊、主宰。句集に『母港』『富士』『伊勢』など。

富安風生　愛知県生まれ。逓信省勤務中に俳句を始める。「若葉」主宰。一九四九年、吉田の火祭り見物の翌年から夏を山中湖畔で過ごす。富士北麓に十二の句碑がある。

与謝蕪村　摂津国（大阪府）東成郡生まれ。二十歳のころ江戸に下り俳諧を学ぶ。文人画家としても知られ、富士山と松林を描いた水墨画の「富嶽列松図」は重要文化財。

加藤楸邨　東京生まれ。一九四〇年、「寒雷」を創刊、主宰。戦前は人間探求派を名乗り、戦後は社会派俳句への道筋をつける。句集に『まぼろしの鹿』、著書に『芭蕉全句』など。

鷹羽狩行　山形県新庄市生まれ。一九四八年「天狼」入会、五四年「氷海」同人参加のち編集長。一九七八年「狩」を創刊、主宰（二〇一八年終刊）。俳人協会名誉会長。句集に『誕生』など。

川村紫陽　静岡県生まれ。一九四三年、職場で誘われ句作を始める。一九五〇年「濱」入会、一九六二年同人。句集に『淡交』『自註現代俳句シリーズ　川村紫陽集』など。

渡辺水巴　東京は浅草生まれ。父は花鳥画の大家。生涯俳句以外の仕事につかなかった。一九二一年「究竟の芸術」を提唱。「曲水」創刊、主宰。句集に『白日』『富士』など。

大伴大江丸　大坂で飛脚問屋を営みのちに大島蓼太（りょうた）に師事、趣味で俳諧を楽しむ「遊俳」と呼ばれた。飛脚屋を七店持ち、諸国の名家を訪ねては教えを受け画人や戯作者とも交友があった。

松浦羽州　尾張国名古屋の商家に生まれる。謡曲、茶道をよくしたため、三大宗匠に数えられた。内閣総理大臣を務めた公爵西園寺（さいおんじ）公望（きんもち）に晩年、俳句を指導した。

宇咲冬男　埼玉県生まれ。産経新聞記者を経て、一九八一年文筆活動に入る。上田五千石らと「俳句昭和世代の会」を結成したほか、連句の復興にも尽力した。「あした」創刊、主宰。

千代田葛彦　台湾生まれ。終戦で引き揚げ、肺湿潤に罹（かか）り清瀬病院での療養の後、教職に就く。「馬酔木」同人。「賜（たまわ）る俳句」を信条とする。句集に『旅人木』ほか。

沢木欣一　富山県富山市生まれ。戦前から六〇年安保までは政治性の強い社会性俳句を詠むが、一九六〇年以降は「即物具象」を掲げて子規の写生を見直した。句集に『赤富士』など。

角田白風　山梨県生まれ。「雲母」に参加。

飯田龍太　山梨県生まれ。俳人の飯田蛇笏四男。戦後、「雲母」の編集に携わり、一九五四年より俳句に専念、六二年「雲母」主宰を継承する。故郷を描く句を多く詠んだ。

川上不白　紀州（和歌山県）新宮の人。茶人として江戸に出て、千家不白流の祖となる。高名な茶人で、俳諧は三田白峰のちに大島蓼太に師事した。

雨宮きぬよ　静岡県生まれ。一九七二年、女性俳句会の創設者のひとり殿村（とのむら）莵絲子（としこ）が主宰する「万蕾（ばんらい）」に参加。一九九六年「百磴（ひゃくとう）」を創刊、主宰。二〇一三年「栬（かい）」を創刊、共同代表。

高浜虚子　愛媛県松山市生まれ。雅号の虚子は子規の命名。一八九八年「ホトトギス」を東京で発行、俳壇の一大勢力とした。昭和初期より「花鳥諷詠詩」「客観写生」の方針を打ち出す。

森田峠　大阪府生まれ。高校時代から句作を始める。一九九〇年「かつらぎ」主宰となる。写生こそ俳句本来のあり方ととらえ、吟行を重んじていた。句集に『逆瀬川』など。

須藤常央　群馬県生まれ。一九八〇年ころより句作を始める。一九八八年「ホトトギス」同人。「桑海」副主宰。「静波」代表。二〇一三年まで、静岡県による富士山歳時記選考委員を務める。

田川鳳朗　熊本生まれ。父に俳諧を学び熊本藩に仕えたが、俳諧で身を立てるべく三十七歳のとき江戸詰めとなる。真正芭蕉風を唱え、天保三大家の一人に称せられるなど名声を得た。

大島蓼太　信州生まれ。芭蕉復帰を唱え全国を行脚して指導にあたり、門人に大名、旗本をも抱えその数千とも言われ富豪で知られた。深川芭蕉庵を元の場所のそばに再興した。

陶官鼠　伊豆国（静岡県）田方郡生まれ。最初松木乙児に師事し、沼津の庵に暮らした。乙児没後は大島蓼太に師事、三島や仙台に芭蕉の句碑を建てた。

上田五千石　東京生まれ。戦災を受け長野県のちに静岡県富士市に移住、高校までを過ごす。俳号は、富士駅周辺の水田「加島五千石」を詠んだことによる。一九七三年「畦」創刊、主宰。

山口誓子　京都府生まれ。一九四八年「天狼」を創刊、主宰。四Sのひとりとして、現代俳句を牽引した。一九六七年よりたびたび富士山を訪れ、七十一歳のとき初登頂。句集に『凍港』ほか。

里川水章　東京生まれ。一九四八年「天狼」に入門、山口誓子に師事。一九九五年「鉾」に同人参加、二〇一一年終刊。句集に『宮居』『鳥雲に』など。

貫名ときよ　静岡県生まれ。富士宮市の寺住職と結婚。一九五五年ころより句作を始める。「雲母」

に投稿。写生句を志すいっぽう、仏教の教えを織り込むこともあった。

秋

上島鬼貫　兵庫県伊丹の酒造家油屋の一族。大坂に出て一六八五年、「まことの外に俳諧なし」との境地に至る。無季を試みるなど新味ある作風で後年伊丹風として有名になる。

藤本美和子　和歌山県生まれ。一九七八年より句作を始める。一九八五年、綾部仁喜に師事。二〇一四年「泉」を継承、主宰。句集に『跣足』『天空』など。

稲畑汀子　神奈川県横浜市生まれ。祖父は高浜虚子、高浜年尾の次女。一九七九年、父年尾の死により「ホトトギス」主宰を引き継ぐ。句集に『汀子句集』『障子明り』など。

堀本裕樹　和歌山県生まれ。「河」編集長を経て独立後、二〇一八年「蒼海」創刊、主宰。二〇二二年度「NHK俳句」選者。二松學舍大学非常勤講師。句集に『熊野曼陀羅』『一粟』。

角田竹冷　静岡県富士市生まれ。弁護士から東京市会議員、衆議院議員などを務める。古俳書の収集家として知られ、コレクションは東京大学総合図書館に竹冷文庫として収蔵されている。

岡本眸　東京生まれ。職場句会を通じて富安風生に師事、句作を始める。「若葉」「春嶺」を経て一九八〇年、「朝」創刊、主宰。「俳句は日記」との信条どおり、日常を詠んだ句が多い。

中村草田男　父の赴任先の中国で生まれ、愛媛県松山市で育つ。「ホトトギス」を経て一九四六年、主宰誌「萬緑」を創刊。清新な生命表現と近代的人間表現から、人間探求派と呼ばれた。

茂恵一郎　東京生まれ。「ホトトギス」「玉藻」を経て、一九六三年皆吉爽雨に師事、「雪解」入会、のちに主宰。句集に『朔』『六白金星』など。

大久保白村　東京生まれ。父は俳人、大久保燈青。父の影響で学生時代より俳句に親しむ。銀行に就職後、職場句会を通じて富安風生に師事。「ホトトギス」同人。一九九六年「こゑの会」主宰。

河東碧梧桐　愛媛県松山市生まれ。松山中学で高浜虚子と同級。新傾向俳句、自由律俳句、ルビ俳句と俳壇に新風を送り続けた。「雪線踏破七日記程」を著すなど、登山を好んだ。

夏目成美　江戸（東京都）浅草蔵前で札差（ふださし）を生業とした。俳人として寛政三大家と江戸四大家に名前が挙がるほど声望があった。朝食を賄うなどして小林一茶を助けていた。

平畑静塔　和歌山県生まれ。京都大学在学中の一九三五年に新興俳句運動を行い、厭戦（えんせん）俳句のため検挙。四四年召集され南京陸軍病院に勤務。戦後は「天狼」創刊に同人参加。

高嶋茂　東京生まれ。「暖流」同人。一九四九年、新宿に「ぼるが」を創業、経営にあたる。俳人が集まる酒場として知られている。句集に『軍鶏（ぐんけい）』など。

山田春生　「万象」顧問。「春耕」客員。句集に『槍穂高（やりほだか）』『雪山』『雪渓（せっけい）』など、山岳俳句をよく詠む。編著書に『新編　地名俳句歳時記』など。

五味可都里　甲斐（山梨県）巨摩（こま）郡の人。俳諧を高桑闌更（らんこう）に学び、甲州の重鎮とも言われた。別号に蕪庵。『農おとこ』を編んだ。

松本たかし　東京生まれ。能役者の家に生まれ、江戸文芸書を読み、芝居や寄席に通う。役者を断念した後、高浜虚子に師事し「ホトトギス」同人となる。一九四六年「笛」創刊、主宰。

松尾芭蕉　伊賀国（三重県）生まれ。江戸に下り俳諧の道に入る。『野ざらし紀行』『おくのほそ道』

などの行脚生活から詠まれた句は蕉風と称され、後世俳聖と呼ばれている。

釈岳輅　尾張名古屋の人。乗西寺の住職で源蕙（げんけい）上人といった。本居宣長門下で国学を修め、尾張俳壇の重鎮と言われた。

冬

大野林火　神奈川県横浜市生まれ。一九四六年、「濱」創刊、主宰。「俳句研究」などの編集にも携わる。会社勤務、教員を経て四八年より俳句に専念、「俳句」編集長もつとめる。

岸風三樓　岡山県生まれ。一九五三年「春嶺」創刊、主宰。「俳句は履歴書である」として生活俳句を唱えた。俳人協会設立に設立代表者として折衝、角川源義とともに俳句文学館建設に尽力した。

原田紫野　静岡県生まれ。一九九一年、「扉」に入会し土生重次に師事。一九九九年、「春月」創刊同人。句集に『道』『海煌（かいこう）』『自註現代俳句シリーズ　原田紫野集』がある。

和田東潮　山形出身。江戸に出て俳諧を服部嵐雪に学んだ。一六九二年、富士登山記念集として俳諧撰集『富士詣』を著す。

小林俊彦　石川県生まれ。法曹界に身を置き、東京簡易裁判所判事などを歴任。大学卒業時より機関紙「法曹」の俳句欄に投句を始める。句集に『波濤（はとう）』など。

浅羽緑子　静岡県生まれ。一九三五年句作を始める。復員後に句文集『ラバウル風景』を著す。一九六二年「雲母」同人、のちに「白露」同人。句集に『裸富士』、『富嶽春秋』など。

巌谷小波　東京生まれ。小説家、児童文学者。一八九〇年、尾崎紅葉ら硯友社（けんゆうしゃ）の仲間と紫吟社を設立、句作を行う。角田竹冷の新派秋声会にも参加。

臼田亜浪　長野県小諸市生まれ。新聞記者を経て俳句の革新を目指し、一九一五年、大須賀乙字と「石楠（しゃくなげ）」を創刊。俳句に深い感動にもとづく力を求め、「まこと」の俳句を目指した。

鈴木蚊都夫　東京都生まれ。十七歳で臼田亜浪「山彦」へ投稿する。河野南畦に師事、「あざみ」同人。句集に『午前』『一昔』など。

高野素十　茨城県生まれ。医学博士。一九二三年句作を始める。東大俳句会を経て「ホトトギス」に投稿。四Sのひとりで、客観写生を実践した。一九五七年「芹（せり）」創刊、主宰。

和田暖泡　東京生まれ。一九四七年「雪解」入会、皆吉爽雨に師事。一九五八年、「雪解」同人。句集に『林相』、『接穂』、『農鳥』がある。

赤城さかえ　広島県生まれ。大学三年のとき、共産党の地下活動に参加し退学となる。一九四一年結核を発症、入退院を繰り返す。四三年「寒雷」入会。戦後は『戦後俳句論争史』などを著す。

椋梨一雪　京都生まれ。説話（実録）作者でもあった。別号富士丸。著書『洗濯物』には富士の句が百句記載されている。

福田甲子雄　山梨県生まれ。山梨県立農林高校卒業後、満州棉花（めんか）に入社、現地召集され一九四六年帰郷。飯田蛇笏・龍太父子に師事し、句誌「雲母」終刊まで編集同人をつとめる。

伊藤霜楓　静岡県生まれ。気象庁富士山測候所勤務。「寒雷」同人。句集『飛雪尾根』は、一九五八年二月、目前で遭難死亡した長田輝雄氏（長田尾根は彼の名による）の冥福を祈っての命名。

遠藤七狼　俳人、評論家。「萬緑」同人。元共同通信記者。一九五八年、『現代俳句全集』（みすず書

房）に自らが同人であった「俳句評論」についての文章を寄せるが、本人に関する消息は不明。

鈴木花蓑　愛知県生まれ。裁判所の書記見習い時代に俳句を始め、「ホトトギス」の巻頭を飾った。高浜虚子の提唱する客観写生を実践、「写生の鬼」とも呼ばれた。

新年

山口青邨　岩手県盛岡市生まれ。古河鉱業などを経て東京帝大教授。一九二二年東大俳句会を興し、「四S」を提唱。「ホトトギス」同人。三〇年「夏草」創刊、のち主宰。

大須賀乙字　福島県相馬市生まれ。大学在学中に新傾向俳句を提唱するが、のちに古俳句を尊重するとし、芭蕉への回帰と自然の賛美を主張する。俳論家としても活躍。

今瀬剛一　東京生まれ、一九四四年の疎開以来、茨城県にて過ごす。高校時代より俳句を始め、能村登四郎（のむらとしろう）に師事。一九八六年、俳誌「対岸」創刊、主宰。句集に『対岸』『約束』など。

東良子　神奈川県生まれ。職場句会にて俳句に出会う。一九七四年より「雲母」会員、飯田龍太に師事。現在、「七曜」「沖」同人。句集に『化粧匳（けしようばこ）』『首座星』など。

五所平之助　東京生まれ。映画監督。学生時代より句作を始める。一九二三年、松竹蒲田撮影所に入社。「伊豆の踊子」（主演は田中絹代）映画化第一作ほか約百本を撮る。

小林見外　甲斐（山梨県）都留郡猿橋の人。江戸に出て、谷川護物（ごもつ）に俳諧を学んだ。別号に菊守園見外。句集に『見外発句集』。

西村和子　神奈川県横浜市生まれ。「若葉」を経て一九九六年、「知音」創刊、代表。大学時代より句作を始め、花鳥諷詠、客観写生、多作多捨を信条とする。句集に『夏帽子』など。

小澤實　長野県長野市生まれ。信州大学人文学部在学中に句作を始める。「鷹（たか）」編集長を経て、二〇〇〇年「澤」創刊、主宰。句集に『砧』『立像』『澤』など。

俳人一覧作成・浅野安由

主要参考文献（五十音順）

『江戸俳句夜話』復本一郎　NHK出版
『合本　現代俳句歳時記』角川春樹編　角川春樹事務所
『合本　俳句歳時記　第三版』角川書店編　角川書店
『カラー版 新日本大歳時記 夏』講談社編　講談社
『カラー版 新日本大歳時記 秋』講談社編　講談社
『カラー版 新日本大歳時記 春』講談社編　講談社
『カラー版 新日本大歳時記 冬』講談社編　講談社
『基本季語五〇〇選』山本健吉　講談社学術文庫
『芸術新潮』二〇一三年九月号　新潮社
『決定版　俳句に大事な五つのこと』上田五千石　角川学芸出版
『現代の俳句』平井照敏編　講談社学術文庫
『現代俳句大事典 普及版』稲畑汀子・大岡信・鷹羽狩行監修　三省堂
『静岡県俳句紀行』関森勝夫　静岡新聞社
『新編　地名俳句歳時記』山田春生編、皆川盤水監修　東京新聞出版局
『地名俳句歳時記 四 甲信』山本健吉監修　中央公論社
『地名俳句歳時記 五 東海』山本健吉監修　中央公論社

『日本古典文學大系92　近世俳句俳文集』阿部喜三男・麻生磯次校注　岩波書店
『日本百名山』深田久弥　新潮社
『俳句』二〇一三年八月号　角川学芸出版
『俳句歳時記 第四版 夏』角川学芸出版編　角川文庫
『俳句歳時記 第四版 秋』角川学芸出版編　角川文庫
『俳句歳時記 第四版増補 冬』角川学芸出版編　角川文庫
『俳句の花 上下巻』青柳志解樹編著　創元社
『俳壇』二〇一三年十月号　本阿弥書店
『俳文学大辞典』井本農一・大谷篤蔵・加藤楸邨監修　角川学芸出版
『富士山の文学』久保田淳　角川ソフィア文庫
『富士山―聖と美の山』上垣外憲一　中央公論新社
『富士千句集と作家群像』村上龍昇　静雪文庫出版部
『名句鑑賞辞典』飯田龍太・稲畑汀子・森澄雄監修　角川書店
『ＹＵＣＡＲＩ』Ｖｏｌ．８　世界遺産へ！富士山　マガジンハウス

本書は、二〇一四年八月、ちくまプリマー新書から
『富士百句で俳句入門』として刊行されました。

富士山で俳句教室

堀本裕樹

令和6年 6月25日　初版発行

発行者●山下直久

発行●株式会社KADOKAWA
〒102-8177　東京都千代田区富士見2-13-3
電話　0570-002-301（ナビダイヤル）

角川文庫 24207

印刷所●株式会社暁印刷
製本所●本間製本株式会社

表紙画●和田三造

●お問い合わせ
https://www.kadokawa.co.jp/（「お問い合わせ」へお進みください）
※内容によっては、お答えできない場合があります。
※サポートは日本国内のみとさせていただきます。
※Japanese text only

ISBN 978-4-04-115105-1　C0195

◇◇◇

角川文庫発刊に際して

角　川　源　義

第二次世界大戦の敗北は、軍事力の敗北であった以上に、私たちの若い文化力の敗退であった。私たちの文化が戦争に対して如何に無力であり、単なるあだ花に過ぎなかったかを、私たちは身を以て体験し痛感した。西洋近代文化の摂取にとって、明治以後八十年の歳月は決して短かすぎたとは言えない。にもかかわらず、近代文化の伝統を確立し、自由な批判と柔軟な良識に富む文化層として自らを形成することに私たちは失敗して来た。そしてこれは、各層への文化の普及滲透を任務とする出版人の責任でもあった。

一九四五年以来、私たちは再び振出しに戻り、第一歩から踏み出すことを余儀なくされた。これは大きな不幸ではあるが、反面、これまでの混沌・未熟・歪曲の中にあった我が国の文化に秩序と確たる基礎を齎らすためには絶好の機会でもある。角川書店は、このような祖国の文化的危機にあたり、微力をも顧みず再建の礎石たるべき抱負と決意とをもって出発したが、ここに創立以来の念願を果すべく角川文庫を発刊する。これまで刊行されたあらゆる全集叢書文庫類の長所と短所とを検討し、古今東西の不朽の典籍を、良心的編集のもとに、廉価に、そして書架にふさわしい美本として、多くのひとびとに提供しようとする。しかし私たちは徒らに百科全書的な知識のジレッタントを作ることを目的とせず、あくまで祖国の文化に秩序と再建への道を示し、この文庫を角川書店の栄ある事業として、今後永久に継続発展せしめ、学芸と教養との殿堂として大成せんことを期したい。多くの読書子の愛情ある忠言と支持とによって、この希望と抱負とを完遂せしめられんことを願う。

一九四九年五月三日

角川文庫ベストセラー

俳句の図書室
堀本裕樹

気鋭の俳人が、数ある名句の中から読むべき句をセレクト。俳句の読み方を知る入門書。十七音の組み立て、季語の取り入れ方、情景の写し方。読めば句作が楽しくなる。巻末に又吉直樹との語り下ろし対談収録。

羅生門・鼻・芋粥
芥川龍之介

荒廃した平安京の羅生門で、死人の髪の毛を抜く老婆の姿に、下人は自分の生き延びる道を見つける。表題作「羅生門」をはじめ、初期の作品を中心に計18編。芥川文学の原点を示す、繊細で濃密な短編集。

富士山
編／千野帽子

川端康成、太宰治、新田次郎、尾崎一雄、山下清、井伏鱒二、夏目漱石、永井荷風、岡本かの子、若山牧水、森見登美彦など、古今の作家が秀峰富士を描いた小説、紀行、エッセイを一堂に集めました。

夏休み
編／千野帽子

灼熱の太陽の下の解放感。プール、甲子園、田舎暮らし、ほのかな恋。江國香織、辻まこと、佐伯一麦、藤野可織、片岡義男、三木卓、堀辰雄、小川洋子、万城目学、角田光代、秋元康が描く、名作短篇集。

きみが住む星
池澤夏樹
写真／エルンスト・ハース

成層圏の空を見たとき、ぼくはこの星が好きだと思った。ここがきみが住む星だから。他の星にはきみがいない。鮮やかな異国の風景、出逢った愉快な人々、恋人に伝えたい想いを、絵はがきの形で。

角川文庫ベストセラー

言葉の流星群　池澤夏樹

残された膨大なテクストを丁寧に、透徹した目で読み進むうちに見えてくる賢治の生の姿。突然のヨーロッパ志向、仏教的な自己犠牲など、わかりにくいとされる賢治の詩を、詩人の目で読み解く。

あひる　今村夏子

わが家にあひるがやってきた。名前は「のりたま」。近所の子供たちの人気者になるが、体調を崩し、動物病院に運ばれていってしまう。2週間後、帰ってきたのりたまはなぜか以前よりも小さくなっていて——。

泣かない子供　江國香織

子供から少女へ、少女から女へ……時を飛び越えて浮かんでは留まる遠近の記憶、あやふやに揺れる季節の中でも変わらぬ周囲へのまなざし。こだわりの時間を柔らかに、せつなく描いたエッセイ集。

偶然の祝福　小川洋子

見覚えのない弟にとりつかれてしまう女性作家、夫への不信がぬぐえない妻と幼子、失踪者についつい引き込まれていく私……心に小さな空洞を抱える私たちの、愛と再生の物語。

雪国　川端康成

国境の長いトンネルを抜けると雪国であった。「無為の孤独」を非情に守る青年・島村と、雪国の芸者・駒子の純情。魂が触れあう様を具に描き、人生の哀しさ美しさをうたったノーベル文学賞作家の名作。

角川文庫ベストセラー

小説 秒速5センチメートル 新海誠

「桜の花びらの落ちるスピードだよ。秒速5センチメートル」。いつも大切な事を教えてくれた明里、彼女を守ろうとした貴樹。恋心の彷徨を描く劇場アニメーション『秒速5センチメートル』を監督自ら小説化。

小説 言の葉の庭 新海誠

雨の朝、高校生の孝雄と、謎めいた年上の女性・雪野は出会った。雨と緑に彩られた一夏を描く青春小説。劇場アニメーション『言の葉の庭』を、監督自ら小説化。アニメにはなかった人物やエピソードも多数。

小説 すずめの戸締まり 新海誠

九州の静かな町で暮らす17歳の少女・鈴芽は、旅の青年との出会いから、全国各地で開かれた災いの元となる「扉」を閉める旅へ出ることになる。過去と現在と未来をつなぐ、鈴芽の〝戸締まり〟の物語。

青くて痛くて脆い 住野よる

大学一年の春、僕は秋好寿乃に出会った。彼女の理想と情熱にふれ、僕たちは秘密結社「モアイ」をつくった。それから三年、将来の夢を語り合った秋好はもういない。傷つくことの痛みと青春の残酷さを描ききる。

人間失格 太宰治

無頼の生活に明け暮れた太宰自身の苦悩を描く内的自叙伝であり、太宰文学の代表作である「人間失格」と、家族の幸福を願いながら、自らの手で崩壊させる苦悩を描き、命日の由来にもなった「桜桃」を収録。

角川文庫ベストセラー

ポケットに名言を　寺山修司

世に名言・格言集の類は数多いけれど、これほど型破りな名言集はきっとない。歌謡曲から映画の名セリフ。思い出に過ぎない言葉が、ときに世界と釣り合うことさえあることを示す型破りな箴言集。

不思議図書館　寺山修司

けた外れの好奇心と独特の読書哲学をもった「不思議図書館」館長の寺山修司が、古本屋の片隅や古本市で見つけた不思議な本の数々。少女雑誌から吸血鬼の文献資料まで、奇書・珍書のコレクションを大公開！

寺山修司青春歌集　寺山修司

青春とは何だろう。恋人、故郷、太陽、桃、蝶、そして祖国、刑務所。18歳でデビューした寺山修司が、情感に溢れたみずみずしい言葉で歌った作品群。歌に託して戦後世代の新しい青春像を切り拓いた傑作歌集。

寺山修司少女詩集　寺山修司

忘れられた女がひとり、港町の赤い下宿屋に住んでいました。彼女のすることとは、毎日、夕方になると海の近くまで行って、海の音を録音してくることでした……少女の心の愛のイメージを描くオリジナル詩集。

汚れつちまつた悲しみに……　中原中也詩集　中原中也　編／佐々木幹郎

16歳で詩人として出発し、30歳で夭折した中原中也。昭和初期、疾風怒濤の時代を駆け抜けた稀有な詩人の代表作品を、生きる、恋する、悲しむという3つの視点で分類。いま改めて読み直したい、中也の魂の軌跡。

角川文庫ベストセラー

風立ちぬ・美しい村・麦藁帽子　堀　辰雄

その年、私は療養中の恋人・節子に付き添い、高原のサナトリウムで過ごしていた。山の自然の静かなうつろい、だが節子は次第に弱々しくなってゆく……死を見つめる恋人たちを描いた表題作のほか、五篇を収録。

きまぐれ博物誌　星　新一

新鮮なアイディアを得るには？　プロットの技術を身に付けるコツとは――。「SFの短編の書き方」を始め、ショート・ショートの神様・星新一の発想法が垣間見える名エッセイ集が待望の復刊。

竹取物語　星　新一＝訳

絶世の美女に成長したかぐや姫と、5人のやんごとない男たち。日本最古のみごとな求愛ドラマを名手がいきいきと現代語訳。男女の恋の駆け引き、月世界への夢と憧れなど、人類普遍のテーマが現代によみがえる。

声の網　星　新一

ある時代、電話がなんでもしてくれた。完璧な説明、セールス、払込に、秘密の相談、音楽に治療。ある日マンションの一階に電話が、「お知らせする。まもなく、そちらの店に強盗が入る……」。傑作連作短篇！

未来のミライ　細　田　守

生まれたばかりの妹に両親の愛情を奪われたくんちゃん。ある日庭で出会ったのは、未来からきた妹・ミライちゃんでした。ミライちゃんに導かれ、くんちゃんが辿り着く場所とは。細田守監督による原作小説！

角川文庫ベストセラー

竜とそばかすの姫　細田　守

「歌」の才能を持ちながらも、現実世界で心を閉ざしていた17歳の女子高生・すず。超巨大仮想空間『U』で絶世の歌姫・ベルとして注目されていく中、「竜」と呼ばれ恐れられている謎の存在と出逢う――。

漫画版　サマーウォーズ（上）（下）　原作／細田　守　漫画／杉基イクラ　キャラクター原案／貞本義行

高校2年の夏、健二は憧れの先輩・夏希にバイトを頼まれ、彼女の曾祖母の家に行くことに。そこで待ち受けていたのは、大勢のご親戚と、仮想世界発の大パニック！　細田守監督の大ヒットアニメのコミック版。

短歌ください　穂村　弘

本の情報誌「ダ・ヴィンチ」の投稿企画「短歌ください」に寄せられた短歌から、人気歌人・穂村弘が傑作を選出。鮮やかな講評が短歌それぞれの魅力を一層際立たせる。言葉の不思議に触れる実践的短歌入門書。

短歌ください　明日でイエスは2010才篇　穂村　弘

「午前2時裸で便座を感じてる　明日でイエスは2010才」。毎月変わるテーマごとに読者から寄せられた短歌を、人気歌人・穂村弘が選んで紹介。『ダ・ヴィンチ』連載「短歌ください」文庫版、待望の第2弾。

かのこちゃんとマドレーヌ夫人　万城目　学

元気な小1、かのこちゃんの活躍。気高いアカトラの猫、マドレーヌ夫人の冒険。誰もが通り過ぎた日々が輝きとともに蘇り、やがて静かな余韻が心に染みわたる。奇想天外×静かな感動＝万城目ワールドの進化！